Madeleine

ROMAN

Berrin Penek

Herstellung und Verlag: BoD – Books on
Demand, Norderstedt
ISBN: 9783759769848

MADELEINE

Ich war erst zwölf Jahre alt als ich begann im wahren Leben eine Schauspielerin zu werden. Nicht gewollt, meine Lebensumstände zwangen mich dazu. Wir waren acht Kinder, ich war die Nummer vier. Wir hatten große finanzielle Probleme und Vater hatte aufgehört zu arbeiten.
Meine Mutter ließ uns nicht anmerken das sie eigentlich unglücklich war, nicht nur wegen Papa sondern auch die ganzen Lebensumstände in dem wir uns befanden machten ihr zu schaffen.

Ich glaube ich erzähle ihnen lieber die ganze Geschichte, meine Geschichte, die im Jahre 1880 begann. Da wurde ich in Paris geboren.

Mein Vater hieß Enrico Rossi und war Italiener, in Venedig geboren. Er war nach Paris gekommen um dort in einer Möbelfabrik zu arbeiten.
Er war Schreiner.
Ein Jahr später hatte er meine Mutter kennengelernt, eine Schneiderin. Sie nähte für das Theater, für einen Hungerlohn.
Es fehlte uns immer an Geld. Meine Mutter hieß Claudette, sie hatte blaue Augen und war Brünette.

Sie war wunderschön. Sie hatte lockiges langes Haar, das sie nur zuhause schonmal offen ohne Haarspange trug. Ansonsten hatte sie meistens ihre Haare hochgesteckt.
Sie lief immer sehr gepflegt herum.
Man könnte glauben das sie aus einem sehr wohlhabenden Haus stammen würde. Doch dem war leider nicht so. Sie sagte immer, insbesondere zu ihren Töchtern. „Für Sauberkeit und Pflege muss man nicht reich sein. Eine Frau muss immer gut riechen und gut aussehen".

Mein Vater war groß, hatte braune Augen und volles dunkles Haar, man sah ihm seine italienische Herkunft nicht wirklich an, er würde sogar als Franzose durchgehen wenn da nicht sein italienischer Akzent wäre.

Nachdem meine Eltern sich kennengelernt hatten, heirateten sie einige Zeit später und so begann unsere Familie zu wachsen.
Erst kam unser ältester Bruder Jakob zur Welt, dann Manuel, dann André, dann kam ich, Madeleine.
Nach mir wurden meine kleinen Geschwister geboren.

Margit, Susan, Rosè und unser jüngster Raoul.
Jakob war auch groß, genau wie Papa.
Er hatte dunkelblonde Haare und wie meine
Mutter auch blaue Augen und sah sehr gut aus.
Viele Mädchen waren verliebt in ihn aber er
verliebte sich immer in die falschen. Dazu
später mehr.
Manuel und André sahen ihm sehr ähnlich nur
das sie keine blauen Augen hatten.

Margit hatte dunkle Haare genau wie Papa
aber sie hatte grüne Augen, wie die italienische
Großmutter von uns.
Susan war Mama in Klein, so sehr ähnelte sie
ihr. Rosè hatte Ähnlichkeit mit mir, wir waren
beide brünette wie Mama und hatten grüne
Augen wie Großmutter.
Raoul hatte lockiges dunkles Haar und braune
Augen, genau wie Papa. Er war unser
Nesthäkchen.

Schon als Kleinkind musste ich Hol- und
Bringdienste machen um meine Familie zu
unterstützen. So half ich unseren Nachbarn im
Haushalt oder ich putzte Schuhe und erledigte
diverse andere Sachen. Selbstverständlich
halfen meine Geschwister ebenfalls.

Da wir aber noch Kinder waren verdienten wir nicht viel. Es war wie ein kleines Taschengeld, das wir noch nicht mal für uns selber ausgeben konnten.

Wir wohnten in einem kleinen Haus, den Mutter von ihren Eltern geerbt hatte. Sie war ein Einzelkind so das es für uns keine Onkeln und Tanten Mütterlicherseits gab. Sie hatte ihre Eltern einige Jahre zuvor, bevor sie meinen Vater kennenlernte verloren. Erst wäre Großvater und dann Großmutter gestorben. Meine Großmutter wäre auch Schneiderin gewesen und Großvater war Künstler.

Wir haben überall im Haus viele Gemälde an den Wänden die Großvater gemalt hätte. Es sind wunderschöne Bilder. Ein Bild gefällt mir besonders gut, da ist das Stadttheater drauf. Großvater hat es sehr gut gemalt. Aber auch die anderen Gemälden waren alle traumhaft schön.

Zu seinen Lebzeiten hätte Großvater auch seine Bilder verkauft. Mutter erzählte mir, das es einen Monsieur Etienne gegeben hätte, der viele Bilder von Großvater gekauft hätte und ihn als Künstler sehr bewundert habe.

Großvater hätte ihn in einem Museum kennengelernt als er dort bei Restaurierungsarbeiten geholfen hätte. Sie wären ins Gespräch gekommen und mein Großvater erzählte ihm das er auch malt. Daraufhin wollte er seine Bilder sehen. Sie trafen sich und Großvater zeigte ihm seine Werke.

Er kaufte sofort zwei Bilder und daraus entstand eine große Freundschaft. Monsieur Etienne hätte seine Kunst so sehr bewundert, das er jedes neue Bild von Großvater sehen wollte. Als er es sah kaufte er es sofort. Monsieur Etienne hätte ihm auch andere Kunstinteressenten vorgestellt. Ihnen verkaufte er dann auch.

Als Großvater krank geworden wäre und starb, wäre Monsieur Etienne zu seiner Beerdigung gekommen. Er hätte versprochen wieder vorbeizukommen damit meine Großmutter ihm seine letzten Werke zeigen kann. Doch man hörte nichts mehr von ihm.

Kurz vor Großmutters Tod hätten sie erfahren, dass Monsieur Etienne, kurz nach Großvaters Tod ebenfalls gestorben wäre.

Mutter erzählte oft über ihre schöne Kindheit und Jugendzeit, sie hätten nie große finanzielle Probleme gehabt.
Denn Monsieur Etienne hätte immer gut bezahlt für Großvaters Werke. Durch die Großzügigkeit von ihm und durch seine Beziehungen zu anderen Kunsthändlern und Kunstinteressenten konnte Großvater viele Gemälde zu guten Preisen verkaufen. So hätten meine Großeltern auch das Haus kaufen können, indem wir lebten.
Mama hatte es schuldenfrei geerbt.

Nachdem ich von Mutter erfahren hatte das die Malerei von meinem Großvater so bewundert wurde, hatten die Bilder von Großvater für mich noch eine größere Bedeutung. Ich selbst versuchte sogar einige Male etwas zu malen. Aber mir fehlte es an Talent. Ich wisch sehr vorsichtig immer den Staub von den Bildern ab um die Werke zu schützen. Sie bedeuteten mir genauso viel wie für meine Mutter.
Claude Martin, so hieß mein Großvater. Marie hieß meine Großmutter. Schade, das sie nicht mehr lebten, wie gern hätte ich sie kennengelernt. Da meine Mutter keine Geschwister hat, wollte sie immer eine große Familie haben.

Dieser Wunsch ging in Erfüllung.

So wurde aus einer kleinen Familie eine
Großfamilie mit acht Kindern.

Meine Mutter liebt es wenn das Haus voller
Leben ist.

Sie sagte es wäre immer sehr einsam in dem
Haus gewesen bevor sie Papa heiratete, denn
sie lebte nach dem Tod ihrer Eltern alleine
dort.
Mein Vater hatte noch einen Bruder und eine
Schwester, die in Venedig lebten.
Selbstverständlich lebten auch noch seine
Eltern also unsere Großeltern, die schon alt
waren.
Wir waren einmal dort.
Die Reise dauerte sehr lange.
Wir waren tagelang unterwegs, mit der
Eisenbahn, mit Kutschen und zeitweise sogar
zu Fuss.
Für die Reise hatten meine Eltern sehr lange
gespart. Sie wollten das wir unsere
Verwandten in Italien kennenlernen.
Insbesondere unsere Großeltern und unseren
Onkel und unsere Tante.

Als mein Vater noch gearbeitet hatte konnten meine Eltern was zurücklegen, doch als die Fabrik schloss, indem Vater arbeitete änderte sich unser Schicksal auf schlimme Weise.
Denn Papa wurde arbeitslos und Mutter verdiente leider nicht viel.
Anfangs suchte mein Vater nach einer anderen Arbeit, doch es war sehr schwer eine Arbeit zu finden und dann hörte er einfach auf zu suchen und ergab sich seinem Schicksal.
Er suchte keine Arbeit mehr und als wir ihn darauf ansprachen wurde er aggressiv oder er belog uns sagte das er eine Arbeit in Aussicht hätte... und so verging die Zeit.

MeinVater gewöhnte sich daran zuhause zu sein und wir Kinder schlugen uns mit kleinen Arbeiten durchs Leben. Aber nichts reichte aus. Papa half meiner Mutter im Haushalt, manchmal kochte er sogar.

Mein Bruder Jakob wollte unbedingt studieren aber studieren konnten meistens nur die Reichen. Wir waren arm und konnten froh sein das wir nicht hungern mussten. Wir waren am Leben, hatten was zu Essen, was will man mehr könnte man jetzt sagen.

Doch wir mussten immer aneinander helfen
und konnten einfach kein eigenes Leben
aufbauen. Jeder half dem, der Hilfe brauchte,
eigentlich sehr gut nachvollziehbar.
Doch das war nicht so einfach wie man es
vielleicht denken könnte.
Denn jeder von uns war anders, wir hatten
Wünsche, Träume, Ziele die nicht verwirklicht
werden konnten, da wir ständig und immer
aneinander helfen mussten.

Wir waren immer für den anderen da. So
hielten wir uns über Wasser.

Als mein ältester Bruder eine Arbeit in einer
Buchhandlung begann, war er derjenige der
für die meisten Kosten aufkommen musste.

Wir gingen damals alle noch zur Schule.

Jakobs Traum eine Universität zu besuchen
blieb ein Traum.
Er arbeitete und unterstützte seine Familie. Die
Älteren unterstützten die Jüngeren.
Es war unser Kreislauf des Überlebens. Der
Kreislauf der auf ein Wunder wartete. Doch
dieses Wunder kam natürlich nicht. Noch
nicht...

Als Jakob eine Frau kennenlernte, die aus gutem Hause war, das bedeutete damals so wie heute auch, das ihre Eltern wohlhabend waren und mit Sicherheit niemals einer Ehe außerhalb Ihres Standes zustimmen würden, begann für Jakob eine schwere Zeit und Krise. Für uns Kinder war es auch eine schwere Zeit. Es war einfach ungerecht, das Leben war ungerecht und wir waren traurig wegen Jakob. Jakob konnte dieser Frau nichts bieten obwohl er sie liebte.

Sie liebte ihn auch.

Es vergingen einige Monate und immer noch konnte Jakob ihr kein Heiratsantrag machen, weil er sie erst nach Hause bringen wollte um sie auch unseren Eltern vorzustellen. Doch dafür war er zu stolz, nicht das er sich wegen uns schämte sondern es war ihm unangenehm ihr unser altes Haus und unsere Armut zu zeigen.

Er schämte sich, damals konnte ich es nicht verstehen.

Mittlerweile verstehe ich ihn sehr gut. Denn wir lebten in einer Welt wo nur gleichgesinnte zueinander finden durften. Es ist zwar Schwachsinn aber die Menschen sind nun mal sehr oberflächlich. Wen interessierte schon der gute Charakter oder das gute Aussehen.

Hast du Geld, dann bist du Jemand.

Hast du nichts, dann bist du Nichts. Jakob hatte leider die Erfahrung machen müssen, das die Eltern von Clara sich über Jakob informiert hatten. Das bedeutet, sie haben recherchiert und wollten wissen wer dieser Jakob Rossi war. Als sie erfuhren, das der Vater von Jakob keiner Arbeit nachging und seine Mutter fürs Theater und für die Nachbarschaft nähte, Jakob keinen Universitätsabschluss hatte, sondern nur in einer Buchhandlung arbeitete und er darüberhinaus noch sieben Geschwister hatte und Mitversorger dieser großen Familie war, war es vorbei mit ihr und seiner geliebten Clara.

Die Eltern hätten Clara in ihr Zimmer eingeschlossen, so das es ihr nicht mehr möglich war sich mit Jakob zu treffen. Ihr wurde jeglicher Umgang mit ihm verboten. Das war die kurzweilige dramatische Liebe von meinem Bruder Jakob.

Jakob war todunglücklich, denn er liebte sie sehr.

Doch die Eltern von Clara hätten niemals einer Hochzeit zugestimmt. Im tiefsten inneren wusste Jakob das mit Sicherheit auch, denn warum sonst hatte er sie nie mit zu uns gebracht.

Er hatte Angst das Clara ihn verlassen würde, wenn sie gesehen hätte das wir in einem kleinen alten Haus lebten, das renovierungsbedürftig war und wir nur drei Zimmer hatten die wir uns mit unseren Geschwistern teilten.

Es war also das Ende einer großen Liebe. Das meinte ich auch vorhin als ich schrieb, das Jakob sich immer in die falschen verliebt. Jakob trauerte ihr lange nach, wie es um Clara ging wussten wir nicht.

Denn immer wenn Jakob zu ihr ging, durfte er sie nicht sehen. Man hätte ihn immer abgewimmelt. Das Letzte mal als er da war, hatte man ihn sogar verprügelt.

Ich werde nie vergessen wie meine Mutter am Küchentisch saß mit einer kleinen Schüssel Wasser und einem Tuch in der Hand und weinend die Wunden von Jakob säuberte. Es muss schrecklich für eine Mutter sein, ihren Sohn so traurig und verletzt zu sehen, dachte ich mir. Sie tröstete ihn und um ehrlich zu sein, war ich innerlich so sehr wütend auf die Familie von Clara das ich sie hasste ohne sie zu kennen.

Diese Oberflächliche eingebildete dumme Kuh dachte ich mir nur, wie konnte sie zulassen das mein Bruder geschlagen wird und wieso war sie jetzt nicht da, bei ihm.

Sie muss ihn nicht so sehr geliebt haben wie mein Bruder sie liebte. Das kann keine Liebe sein versuchte ich mir und meinem Bruder einzureden. Doch er meinte nur, „du bist noch ein Kind, was verstehst du schon von Liebe?" Es dauerte nicht lange bis wir erfuhren das Clara sich verlobt hätte. Jakob hatte es in der Buchhandlung gehört als zwei Damen sich unterhielten. Er hätte sogar gefragt, „reden sie über Clara Durand?"
Die Antwort hätte er am liebsten nicht gehört, denn sie bejahten es. Clara hatte sich nur wenige Monate später mit einem reichen Mann verlobt. Das war zwar traurig aber so konnte Jakob ein Schlussstrich ziehen und nach vorne schauen.
Jakob war so klug und intelligent und hätten wir die Möglichkeiten gehabt, dann wäre aus ihm ein Anwalt oder ein Doktor für Geschichte geworden, denn er las sehr gerne, daher hatte er lange eine Arbeit in einer Buchhandlung oder in einem Museum gesucht.

Er war sehr glücklich das er eine Arbeit mit Büchern hatte, denn dort konnte er lesen ohne die Bücher kaufen zu müssen.

Hätte Jakob studieren können dann wäre er später sogar Professor geworden. Mit Sicherheit wäre er ein berühmter Professor geworden. Meine Brüder Manuel und André durchlaufen ähnliche Schicksale aber sie waren schlau genug und sprachen ein reiches Mädchen erst gar nicht an.

Nach der Schule fanden sie eine Arbeit in einer Tischlerei. So hatten wir schon drei in der Familie die arbeiten gingen und natürlich meine Mutter die bis Nachts Kostüme nähte. Bei meinem Vater war die Hoffnung verloren. Obwohl er noch gar nicht so alt war, hatte er aufgegeben. Ich glaube er hatte aufgegeben noch einmal Zielen und Träumen hinterher zu eifern. Denn wir lebten in einer Zeit wo aus armen Menschen nichts werden konnte, warst du arm bliebst du arm. Warst du reich, bliebst du reich.
Die Mitte war noch nicht erfunden.

Ich überlegte immer viel und ich träumte viel.

Es muss doch eine Möglichkeit geben die Welt erträglicher für uns zu machen dachte ich mir. Doch dann dachte ich sofort daran das wir es doch im Vergleich zu vielen anderen gut hatten. Wir mussten nicht verhungern und wir hatten ein Dach über den Kopf. Also warum beklagten wir uns?
Warum waren wir nicht zufrieden. Warum sollten wir uns für unsere Armut schämen?

Wir waren ja nicht faul, wir waren fleißig. Meine Mutter war die fleißigste, meine Brüder auch. Ich und meine jüngeren Geschwister waren noch Kinder. Manchmal half ich den Nachbarn oder ich putzte die Schuhe der spazierenden am Straßenrand und bekam dafür Geld.
Immerhin verdiente ich damit so viel das ich Mama oft beim einkaufen unterstützen konnte.
Es kamen dann Tage das wir nach langer Zeit wieder Rindfleisch kaufen konnten und meine Mutter kochte einen Gemüse-Eintopf mit viel Fleisch darin. Das war sehr lecker.
Das war das leckerste Essen das ich je gegessen habe.
Früher hatten wir einige Hühner, dann konnten wir auch öfter Eier essen.

Aber wo das Geld knapp wurde, schlachteten wir ein Huhn nach dem anderen. Nach einiger Zeit hatten wir gar keine mehr.

Manchmal bekamen wir von Edith einige Eier, sie hatte viele Hühner. Mama kochte dann die Eier und teilte es in die Hälfte, so hatte jeder von uns eine Ei-Hälfte. Manchmal backten wir auch einen Kuchen.

Edith wohnte ein paar Häuser weiter von uns. Wir wohnten nicht im Zentrum von Paris. Dort findet man selten Hühner in den Gärten der Häuser.

In Paris sind die Menschen ganz anders als hier am Rande.

Dennoch war das hier auch Paris.

Nennen wir es einfach, die andere Seite von Paris.

Wie ich bereits erwähnte wurde ich aus der Not heraus zu einer Lügnerin.

Es begann ein Monat vor meinem 13. Geburtstag, als ich ein genähtes Kleid von Mutter zum Theater brachte.

Ich war gerade am Theater angekommen als man mich nicht hineinlassen wollte. Ich sagte: „Ich bin die Tochter von Claudette, ich soll das Kleid hier abgeben."

Dann öffnete man die Türe „die Vorführung hat gerade begonnen, was klopfst du denn so? Komm mit aber sei leise!"

Ich sah zum ersten mal das Theater von innen. Wir gingen am Rande des Theatersaals zu den Kostümräumen. Der Saal war voll mit vornehmen Leuten und die Vorführung war Märchenhaft.

Die Kleider der Frauen und der Schmuck und die Accessoires waren ein Traum. Ich hatte mich auf Anhieb in die schönen Kleider verliebt.

Das war der Tag an dem mein Leben eine Wende nahm.

Am nächsten Tag ging ich wieder zum Theater, diesmal ohne das Mutter mich geschickt hatte. Ich hatte kein fertiges Kleid in der Hand, ich hatte nichts dabei, nur mich selbst. Ich wollte hin, um nach einer Arbeit zu fragen. Ich klopfte erneut an die Theatertür. Doch diesmal war ich früher da, bevor die Vorstellung begann.

Der Mann der auch am Vortag geöffnet hatte ließ mich rein und fragte: „Was kann ich für dich tun?"

Ich fragte ihn nach einer Arbeit. Ich sagte das ich unbedingt arbeiten muss und so sehr im Theater aushelfen würde.

„Ich könnte mal fragen aber mach dir keine Hoffnungen".

Er ging und ich musste warten. Während ich auf ihn wartete, sah ich am Rande des Saals die Theaterschauspieler und die Theaterschauspielerinnen, wie sie die letzten Proben vor ihrer Vorführung machten.

Es verging fast eine Stunde bis er wieder kam. „Ich habe eine gute Nachricht, wir brauchen tatsächlich eine zweite Hilfe an der Garderobe. Monsieur Blanche hat es am Rücken seit einiger Zeit, so könntest du ihm zur Hand gehen."

Ich konnte es nicht fassen, ich hatte so ein Glück, man brauchte mich. Natürlich würde ich Monsieur Blanche zur Hand gehen und ihn unterstützen. Er gab mir eine Art Uniform mit, was meine Mutter für mich zurecht schneidern sollte. Es war dasselbe was Monsieur Blanche an der Garderobe trug, nur für mich war es zu groß. Außerdem war ich kein Mann sondern ein kleines Mädchen.

Die Uniform sollte für ein Mädchen umfunktioniert werden.
Aber meine Mutter würde das in kurzer Zeit für mich erledigen. Sie war die beste Schneiderin weit und breit. Kurze Zeit später sollte meine Mutter die Uniform wieder für einen Jungen umnähen.
Warum? Dazu später mehr…

Am nächsten Tag sollte mein erster Tag im Theater sein. Als ich zuhause war berichtete ich meinen Eltern darüber und mein Vater sagte : „Du gehst noch zur Schule und ich will auch das du die Schule mit einem Abschluss beendest. Wird das nicht zu viel für dich? Außerdem wärst du spät zu Hause. Die Vorführung endet um 22.00 Uhr. Bis du hier bist und im Bett liegst wird es 23.30 Uhr".
Ich sagte meinem Vater das er sich keine Sorgen machen muss, ich würde das schaffen. Außerdem wollte ich Geld verdienen und meine Familie unterstützen.

Das Theater und die Atmosphäre hatten es mir nun mal angetan. Dort wollte ich lernen wie man sich benimmt und sich vornehm anziehen kann. Denn es sah so schön aus. Ich wollte auch wie die anderen feinen Damen sein.

Nichtsahnend was ich mir damit antat und nichtsahnend wie mich das ändern sollte begann ich meine Arbeit in der Garderobe.

Meine Eltern hatten zwar so ihre Bedenken aber ich setzte mich durch.

Mein Bruder Jakob wollte mich jeden Abend abholen kommen. Da es um die Uhrzeit schon dunkel war. Er arbeitete in der Nähe des Theaters in der Buchhandlung. Wenn die Buchhandlung schloss, blieb er meistens noch lange dort. Danach ging er meistens noch eine Runde spazieren bevor er nach Hause kam. In Zukunft wollte er zum Theater spazieren und auf mich warten.
Meine anderen Brüder, die älter als ich waren kamen selbst spät von der Arbeit. Die jüngeren schliefen bereits um diese Uhrzeit. Ich schlief früher auch um diese Zeit doch das änderte sich durch meine Arbeit im Stadttheater.

Jeden Abend lief eine Vorführung. Daher arbeitete ich von 19 Uhr bis 22.30 Uhr. Die Aufführung begann um 20 Uhr und Endete um 22 Uhr.

Wir mussten vorher da sein und wenn alle nach der Vorstellung gingen, halfen wir beim Aufräumen und konnten danach auch gehen.

Einige Tage später kam eine Familie zum Theater, sie hatten eine Tochter in meinem Alter und einen Sohn der etwas älter war. Das Mädchen war so hochnäsig das sie mir ihren Schirm fast in mein Gesicht warf als sie mit ihren Eltern vor der Garderobe stand.
Sie hatte ein schönes Kleid an, was ich zwar bewunderte aber dennoch war ich nicht neidisch auf sie, denn nie würde ich so unfreundlich und schlecht zu anderen Menschen sein so wie diese kleine Gans. Dann gab ihr Bruder seinen Herrenhut. Noch bevor ich ihn annahm, sagte das Mädchen, „was guckst du so, wir haben nicht den ganzen Tag Zeit, du dummes Ding".
Sie hatte recht, ich war am gucken. Ich konnte meine Augen nicht von dem Kleid nehmen. Es war mit Perlen bestückt, in Samtblau. Dazu trug sie einen sehr schönen Damenhut, einen Schirm, den sie mir ja fast ins Gesicht geworfen hatte und weiße Handschuhe, eine Goldkette mit Perlen, dazu passende Ohrringe. Ihre Haare waren sehr schön frisiert man sah es um den Damenhut herum.

Sie sah bezaubernd aus.

Aber sie hatte einen schlechten Charakter und war oberflächlich und dumm.
Nie würde ich so sein wollen wenn ich reich wäre.
Ihr Bruder hingegen sah ganz nett aus und er war sehr freundlich zu mir. Monsieur Blanche sagte, „Henri ist ein lieber Junge, er ist der vernünftigste in dieser Familie. Die anderen sprechen mit niemandem der kein Geld hat und sind sehr eingebildet."
Henri hat sich bedankt und mich angelächelt.
Dann gingen sie in den Saal.
Die Eltern schauten uns übrigens auch nicht an.
Wir waren nichts für diese Menschen. Sie lebten in ihrer und wir in unserer Welt.
Nach der Vorführung kam Henri seinen Hut holen. Monsieur Blanche gab es ihm und ich gab den Frauen ihre Überschals.

An diesem Tag nahm ich mir vor so wie dieses Mädchen zu sein.
Wie würden die Menschen auf mich reagieren wenn ich so rumlaufen würde. Würde ich auch oberflächlich aussehen oder eingebildet sein?

Niemals würde ich so schlecht sein wie diese blöde Kuh, da war ich mir sicher.

Als ich aus dem Theater hinausging, wartete schon mein Bruder auf mich. Wir gingen zusammen nach Hause und ich fragte ihn ob er noch traurig wegen Clara sei. Er sagte das er sie sehr geliebt hätte und sein Herz immer noch gebrochen wäre.
Es waren schon einige Monate vergangen aber mein Bruder hatte immer noch Liebeskummer. Es war eine ungerechte Welt und wir konnten nichts tun.
Zuhause warteten noch die anderen auf uns, sie waren alle wach. Ich wunderte mich warum die kleinen nicht schliefen. Mutter hatte geweint, sie kam zu uns und umarmte uns.
„Euer Vater hatte einen Herzinfarkt, er wäre im Garten von Edith zusammengebrochen. Ich hatte Papa zu ihr geschickt, weil Edith Eier und Obst geben wollte. Edith rief einen Arzt und er brachte mit Edith euren Vater ins Hospital.
Ich komme gerade von der Klinik eurem Vater geht es besser. Ich konnte nicht lange dort bleiben weil eure Geschwister sonst zu lange alleine wären. Er wird einige Tage dort bleiben müssen. Edith hat die Hospitalkosten übernommen.

Sie hat ihre Ersparnisse für eueren Vater ausgegeben. Wir müssen es ihr zurückzahlen". Dann fing Mama wieder an zu weinen. „Es war bestimmt viel Geld was Edith bezahlen musste".

Ich tröstete Mama und sagte ihr das sie sich keine Sorgen machen muss. Schliesslich arbeiteten meine Brüder und ich ja auch. Als mich das hochnäsige Mädchen heute im Theater sehr aufgeregt hatte überlegte ich sogar dort aufzuhören. Doch jetzt war ich froh das ich diese Arbeit hatte. Denn wir alle mussten jetzt mehr arbeiten als sonst.

Wir würden Edith das Geld auf jeden Fall in kurzer Zeit zurückzahlen können. Jakob sagte auch das wir uns um Papa kümmern müssen wenn er wieder zuhause ist, alles andere würden wir schon erledigen.

Meine anderen Brüder waren ebenfalls sehr traurig. Wir alle hatten zum ersten mal an diesem Tag so einen schlimmen Krankheitsfall in der Familie gehabt. Mein Vater war noch nicht so alt aber auch wenn Papa schon lange nicht mehr arbeiten ging war er dennoch sehr gestresst und in ständiger Sorge um seine Familie. Das alles war wohl die Ursache für sein Herzleiden.

Er war auch sehr traurig das Jakob so gelitten hat wegen Clara, auch da waren seine Hände gebunden.

Manuel, André, Jakob und ich beschlossen an dem Tag das wir alles tun würden um die Schulden unserer Eltern so schnell wie möglich zu tilgen.

Meine älteren Brüder meinten das ich mich nicht darum sorgen sollte, ich sei noch ein Kind. Das wäre deren Aufgabe. Doch das sah ich nicht ein. Ich war zwar noch ein Kind aber ich war kein dummes Kind und ich war meinem Alter voraus. Ich wollte mehr arbeiten. Also beschloss ich vor dem Theater wieder Schuhe zu putzen und ich würde wieder die Nachbarn fragen ob sie meine Hilfe benötigen. Ich würde alles tun um das Leid meiner Familie zu lindern.

Am nächsten Tag begann ich nach der Schule wieder Schuhe zu putzen. Viele von der Schule sahen mich am Straßenrand auf dem kleinen Hocker sitzen und manche hänselten sogar und lachten mich aus.

Alles war mir an diesem Tag egal, ich wollte nur das es meiner Familie wieder besser ging. Zuvor hatten wir zwar kein Geld aber wir hatten keine Schulden. Jetzt hatten wir immer noch kein Geld aber zusätzlich auch noch Schulden.

Das war furchtbar für uns.
Daher war es mir egal was die anderen sagten.
Ich hörte gar nicht hin. Ich nahm mir auch vor
auf den Wochenmarkt zu gehen um dort
Schuhe zu putzen. Dort war es immer voll und
dort würde ich mehr Schuhe putzen können
und mehr verdienen.

Abends ging ich ins Theater.
Dort widmete ich mich wieder meinen
Träumen von einem besseren Leben.

Ich war schon einige Tage dort als ich zum
ersten mal etwas wagen wollte.

Ich ging in den Kostümraum und suchte mir
ein Kleid aus, was mir passen könnte und zog
es an. Meine Haare versuchte ich so zu
frisieren wie die anderen.
Dann zog ich noch einen passenden Hut an
und nahm einen passenden Schirm dazu. Ich
sah aus wie eine feine Dame. Niemand bekam
es mit, da sie bei der Probe waren. Ich wollte
gerade aus dem Theater gehen bis ich von
Monsieur Blanche erblickt wurde. Er schaute
mich an und sagte: „Madeleine? Bist du das?"
„Ja Monsieur Blanche, bitte verraten sie mich
nicht.

Ich will nur kurz vor die Tür gehen, bitte! Ich komme schnell wieder."
Monsieur Blanche lächelte und sagte:
„Einverstanden mein Kind, aber bitte lass dich nicht erwischen! Bis gleich!"

Als ich zum ersten Mal in meinem Leben so ein wunderschönes Kleid trug und auf die Straße ging, kann man sich nicht vorstellen wie man angeschaut wird. Die Blicke der Menschen waren anders als sonst.
Ich war dieselbe Person aber die anderen waren es nicht. Sie schauten mich nicht mehr so an als wäre ich ein Nichts, sondern ich war jetzt eine feine Dame oder besser gesagt, ein vornehmes feines Mädchen, zu der man mit Bewunderung hinüberschaute. Die Herren zogen ihren Hut vor mir und begrüßten mich. Ich war plötzlich jemand.

Ich war einer von der oberen Gesellschaft. Ich konnte es nicht glauben. Ich konnte es nicht fassen was mein Erscheinungsbild bei meinem Gegenüber anrichtete.

Es war zwar aus der Sicht eines Kindes sehr naiv und unüberlegt aber in der Zeit war es für mich einfach eine Genugtuung so als persönliche Rache an allen die mich wie ein Nichts betrachteten oder betrachtet hatten.

Ich ging vor dem Theater spazieren. Es war Sommer und noch hell und ich hatte noch eine halbe Stunde bis ich in der Garderobe sein musste.
Vorher musste ich mich noch umziehen und das allerwichtigste war das ich auf keinen Fall erwischt werden durfte. Das hätte mich meine Arbeit kosten können.
Während ich vor dem Theater rauf und runter spazierte sprach mich plötzlich ein junger Mann an.
„Paul Durand! Mademoiselle, ich sehe sie zum ersten mal hier. Ich gehe oft hier vorbei. Sie sind wohl neu in der Stadt."
Ich war erstarrt und ich wusste nicht was ich sagen sollte doch dann: „Claire Petit! Ja Monsieur, ich bin hier zu Besuch bei meiner Tante Edith.
Der Sommer in Paris ist herrlich. Ich komme jedes Jahr im Sommer nach hier. Ansonsten lebe ich in der Schweiz."

„In der Schweiz? Mit ihren Eltern, nehme ich an. Was machen ihre Eltern in der Schweiz?"

Ich hatte nun mal angefangen zu lügen also warum nicht weiter…
„Mein Vater ist Arzt und arbeitet dort in einer Kurklinik, die Klinik gehört meinem Vater. Daher sind wir seit Jahren in der Schweiz."

„Ich verstehe, hätten Sie Zeit mit mir spazieren zu gehen?".
„Es tut mir leid, aber ich darf mit Fremden Männern nicht spazieren gehen. Außerdem warte ich auf meine Tante, wir wollen ins Theater. Vielleicht ist sie schon drin. Ich wünsche Ihnen einen schönen Tag!"

Ich weiss gar nicht mehr was er gesagt hat, vermutlich hat er mir auch einen schönen Tag gewünscht, aber ich bin einfach schnell weggegangen. Denn ich hatte Zeitdruck und musste mich ja noch umziehen. Ich weiß nicht wie alt er war, ich vermute mal 16 oder so. Viel älter als ich, war er nicht.
Er war bestimmt auch einer von den ganz hochnäsigen Menschen. Der hätte mich nie angesprochen wenn ich am Straßenrand gesessen hätte um Schuhe zu putzen.

Sein Name kam mir bekannt vor, ich überlegte kurz und dann fiel mir ein das Clara den Familiennamen Durand hatte. Ich musste Jakob fragen ob er vielleicht Claras Bruder sein könnte.

Am nächsten Tag war mein Vater wieder zuhause. Er sah immer noch sehr krank aus und er brauchte viel Ruhe. Man hätte ihm gesagt er dürfe sich nicht aufregen und soll sich schonen.
Er hatte sehr viel Medizin, die er einnehmen musste. Die Medizin war auch sehr teuer, die hatten Mama und Edith gekauft. Edith war ein herzensguter Mensch.
Wir mochten sie alle. Ich mochte sie sehr, denn immer wenn ich früher irgendwelche Probleme hatte hat sie mir zugehört. Auch wenn meine Kindheitsgeschichten aus der Schule sie gelangweilt haben sollten, hat sie es mir nie gesagt sondern mir mit Rat beigestanden.
Sie hat mir oft geholfen in meinen verschiedensten Lebenslagen.
Daher ist Edith für uns wie ein Familienmitglied gewesen. Ich nannte sie meistens auch Tante Edith, als sei sie die Schwester von meiner Mutter.

Denn sie war wirklich wie eine gute Tante zu uns.

Endlich saßen wir alle wieder gemeinsam am Tisch und nach dem Essen fragte ich Jakob ob Clara einen Bruder hatte: „Wieso fragst du Madeleine?"
„Nur so, ich weiß nicht, ich habe jemanden gesehen mit dem Familiennamen im Theater, deswegen wollte ich es wissen."

„Ja sie hat einen jüngeren Bruder, sein Name ist Paul".

Das war also der Bruder von Clara, diese beschissene oberflächliche Familie. Er sollte es nie wieder wagen mich anzusprechen. Dieser Vollidiot.

Mein Bruder war bestimmt erstaunt darüber das ich den Familiennamen von Clara noch wusste aber der hat nicht weiter nachgehakt und ich war beruhigt.

Am nächsten Tag war ich in der Schule in eine Auseinandersetzung geraten. Meine Freundin Martine fand schon lange einen Jungen nett. Doch er hatte sich in Monique verliebt.

Als sie mir das erzählte sagte ich nur, „wieso läufst du ihm hinterher, vergiss ihn. Verlieb dich in jemand anderen."

Daraufhin war sie sehr enttäuscht über mich. Wieso hatte ich nur so etwas gesagt?. Sie hatte recht, ich war sehr kaltherzig.
Ich meinte eigentlich damit, das man manchmal seinen Verstand einsetzen musste und nicht sein Herz. Aber das hätte sie nicht verstanden. Mein Bruder hat auf sein Herz gehört und gelitten. Also konnte Verliebtheit nur was dummes sein, dachte ich mir.
Wie dem auch sei, dann haben wir uns gegenseitig nur beleidigt und mit Worten verletzt. Das war wirklich nicht schön. Ich musste mich unbedingt bei ihr entschuldigen.

Meine Mutter war wieder fleißig und nähte ein ein neues Kleid für das Theater.
Das Kleid sah wirklich sehr gut aus, es war dunkelgrün mit Stickereien in goldener Farbe. Das war wirklich ein Kleid für die Bühne oder für eine sehr Vornehme Einladung. Ein Kleid wie für eine Königin.
Dieses Kleid würde ich nie anziehen, das wäre zu Schick für ein Spaziergang. Außerdem war es ja für das Theater.

Am Abend ging ich wieder zur Arbeit. Diesmal war Monsieur Blanche nicht auffindbar.

Wo mochte er bloß sein? Ich zog meine Uniform an und ging zu Garderobe. Die Türen des Theaters wurden geöffnet und die Menschen traten ein.

Plötzlich sah ich Paul Durand mit seiner Familie in Richtung Garderobe kommen. Was wollte der Idiot denn hier?

Ich zog sofort meinen Uniform-Hut an und meine Haare quetschte ich in den Hut. Ich wollte nicht das er mich wiedererkennt. Ich wollte das er denkt das ich ein Junge bin. Denn mit der Uniform sah ich so aus...

Er kam, gab seinen Hut, ebenso sein Vater und seine Mutter gab ihren Überwurf ab. Es war umwerfend. Ein dicker Schal mit vielen goldenen und roten Stickereien. Sehr schick. Paul schaute noch nicht mal richtig in meine Richtung, genauso wie die anderen. Aber das war auch gut so.

Ich sagte mit einer tieferen Stimme die ich vorspielte, danke Monsieur, schönen Abend. Sie antworteten noch nicht mal. Aber auch das war an diesem Abend aus meiner Sicht in Ordnung. Ich war nicht beleidigt sondern erleichtert.

Doch diese Aktion brachte mich auf eine Idee.
Von nun an wollte ich in der Garderobe wie
ein Junge aussehen. So konnte mich auch
niemand wiedererkennen, wenn ich mal
wieder mit einem schönen Kleid draußen
spazieren würde.

Seitdem ich nun auch sicher war, das dieser
Paul der Bruder von Clara war, wollte ich
sowieso nicht mehr mit ihm sprechen. Ich
hasste ihn, genauso wie seine Familie.

Nach der Arbeit ging ich mit Jakob auch wie
ein Junge verkleidet nach Hause. Er wunderte
sich, warum ich meine Haare in den Hut
gesteckt hatte und so tat als sei ich ein Junge.
Ich sagte ihm, das sie sonst einen Jungen
einstellen werden. Ich erzählte das zuhause
meiner Familie auch, das ich im Theater lieber
als Junge gehalten werden würde, da es an der
Garderobe normalerweise auch üblich sei, das
dort Männer oder Jungs arbeiten würden.

Ich nahm mir auch vor, dem gesamten
Theaterpersonal auch am nächsten Tag darüber
zu berichten. Sie würden nichts dagegen
haben, da war ich mir sicher. Denn als sie
mich eingestellt hatten, sagten sie ja auch das
es eigentlich eine Arbeit für Jungs sei und
nicht für Mädchen.

Sie stellten mich ein, weil sie sonst keinen anderen Bewerber hatten, weil es wirklich Glück war das ich zur richtigen Zeit am richtigen Ort war.

Meine Mutter musste nur noch ein paar kleine Änderungen an der Uniform vornehmen und schon war ich der neue Junge in der Garderobe.

Monsieur Blanche hatte nun mal gesundheitliche Probleme und er mochte mich. Für ihn war es bestimmt egal ob ich mich als Junge verkleidete oder als Mädchen arbeitete.

Am nächsten Tag ging ich wieder wie am Vortag zur Arbeit und es war immer noch kein Monsieur Blanche da. Ich fragte den Theaterleiter und er sagte, das er in die Normandie gefahren wäre, weil sein Vater gestorben sei. Ich wusste gar nicht das der Vater von Monsieur Blanche noch gelebt hatte. Denn Monsieur Blanche war selbst schon über fünfzig.

Damals kam mir das so alt vor.

Ich war bestimmt sieben oder acht Tage lang alleine in der Garderobe. Es war für ein fast 13 jähriges Mädchen viel Arbeit.

Denn ich war nicht besonders groß und stark aber niemand der Gäste wusste das ich ein Mädchen war und als die kleine Gans die mir den Schirm zugeworfen hatte, wieder kam, war sie die einzige die nach dem Mädchen fragte. Ich konnte es nicht glauben, das sie mich nicht vergessen hatte.

Ich sagte ihr, das sie aufgehört hätte zu arbeiten, wegen einer Erbschaft. Sie hätte einen reichen Großvater gehabt der kürzlich verstarb. Sie schaute mich mit offenem Mund und einem erstaunlichen erstarrten Blick an und konnte nichts mehr sagen.

Es war eine Genugtuung für mich ihr das gesagt zu haben. Ich lachte mich innerlich kaputt.

Wie herrlich das war.

Unbezahlbar.

Sie ging mit einer schlechten Laune wieder rüber zu ihren Eltern.

Doch das sollte an dem Tag nicht die einzige Genugtuung sein, denn nach dieser dummen Gans kam der hochnäsige Paul, der fragte mich nach der jungen Dame die neulich mit ihrer Tante im Theater gewesen wäre und ob ich mich an sie erinnern könnte.

Dann beschrieb er mich.

Es war kein Wunder das er mich nicht wieder erkannte, denn ich hatte unter meinem Hut dunklere Haare. Schließlich arbeitete ich im Theater und das Personal wusste das ich mich in der Garderobe als Junge verkleiden wollte. Sie gaben mir eine Perücke. Ich hätte mich fast selbst nicht wiedererkannt wenn ich nicht wüsste, das ich es selbst bin.

Ich sagte ihm, das ich mich selbstverständlich an sie erinnern könnte. Das Mädchen hätte immer das schönste Kleid, daher würde ich mich ganz gut an die Kleine erinnern, fügte ich hinzu. Innerlich lachte ich vor Freude.

Er sagte „ja, genau die meine ich." Oh Monsieur, es tut mir leid, aber sie waren gestern da und ich hörte die beiden reden, sie sind beide heute abgereist. „Wohin"? Sagte er. In die Schweiz, antwortete ich. „In die Schweiz?" Fragte er. „Ich verstehe" flüsterte er und nickte ganz enttäuscht und ging wieder. Er sagte noch nicht mal Danke zu mir, dabei hatte ich ihm doch geholfen und ihn mit großer Leidenschaft belogen.

Dieser unhöfliche Dummkopf.

Nach einigen Tagen war endlich wieder Monsieur Blanche da. Ich teilte ihm meine Anteilnahme mit und tröstete ihn.

Aber er sagte nur. „Er war 91 Jahre alt und ist friedlich im Schlaf gestorben".

So einen Tod wünscht sich doch jeder.

Natürlich bin ich traurig, er war ein sehr guter Vater aber er war nun mal auch sehr alt. Das gehört nun mal dazu das Menschen auch sterben." Sagte er.

Ich war noch ein Kind aber seine Worte habe ich bis heute nicht vergessen, denn er war sehr Waise und klug.

Monsieur Blanche lachte immer wenn er mich als Junge verkleidet sah und fand es lustig. Er sagte das ich einen Namen haben sollte. Denn wie sollte er mich neben den Gästen rufen oder mich generell nennen. Hmmm….darüber hatte ich natürlich nicht nachgedacht. Ich sagte ihm, er soll mich einfach mein Junge nennen. Hier mein Junge, da mein Junge und so weiter… er meinte „einverstanden, aber wenn jemand nach deinem Namen fragen sollte, dann müssen wir dennoch einen Namen jetzt erfinden, für alle Fälle."

Er hatte natürlich recht. Ich überlegte einen Namen und dann fiel mir ein sehr schöner Name ein. Victor, einer unserer Vorfahren hätte den Namen gehabt. „Victor"? Fragte, Monsieur Blanche. Ich sagte ja, dann wenn es sein muss, können sie mich Victor nennen.

Ich musste an dem Abend noch für eine Klassenarbeit in der Schule lernen. Es war schon spät als ich mit Jakob zuhause ankam. Ich setzte mich sofort in die Nähe der Gaslampe und lernte für die Arbeit. Es muss irgendwann Nachts um 3 oder 4 Uhr gewesen sein als meine Mutter mich am Tisch weckte und mich zu Bett brachte. Sie legte sich zu mir und umarmte mich und weinte dabei. Sie sagte „mein Kind du musst nicht arbeiten.
Gehe zur Schule und mache sonst nichts. Du wirst in zwei Tagen erst 13 und es ist nicht in Ordnung das ein Mädchen soviel arbeitet. Das macht mich sehr traurig."
Ich tröstete meine Mutter und sagte ihr, das sie nicht traurig sein solle und das ich sehr gerne arbeiten würde. Ich sagte ihr aber, das ich nur noch zur Schule gehen werde und Abends ins Theater. Nach der Schule könnte ich ja was schlafen. Ich würde dann nicht mehr Schuhe putzen gehen und auch keine Hol- und Bringdienste für die Nachbarn machen. Dann wäre es nicht mehr so viel. Sie nickte und freute sich darüber und sagte: „Ja Madeleine, damit wäre ich einverstanden, du musst mir versprechen, das du nach dem Essen und den Hausaufgaben dich jeden Tag 2-3 Stunden schlafen legst."

Ich versprach ihr das. Ich merkte selbst das mir das so zu viel wurde.

Ich hatte sonst zu wenig Schlaf und ich war so kaputt in der Schule.

Die Schule war nun mal wichtig, denn ich wollte unbedingt aus mir was machen und dafür gehörte nun mal die Schule die für meine Familie sehr wichtig war. Auch wenn wir nicht studieren würden aber die Schule abschliessen war sehr wichtig für meine Eltern und ich war im letzten Jahr. Dann hätte ich einen Schulabschluss.

Für meinen Geburtstag hatte meine Mutter einen leckeren Apfelkuchen gebacken. Tante Edith hatte einen Hühnertopf mit viel Gemüse gekocht. Papa hatte Brot gebacken. Das konnte er sehr gut. Das hatte er in Italien von seiner Familie gelernt. Papa ging es schon wieder besser und obwohl wir ihm sagten das er sich nicht anstrengen soll, wollte er unbedingt etwas eigenes für mein Geburtstag machen. Daher backte er sein leckeres Brot, was mich sehr glücklich gemacht hatte. Denn das schmeckte herrlich, genau wie Mamas Apfelkuchen und nicht zu vergessen der Hühnertopf von Tante Edith.

Meine Geschwister hatten kleine Geschenke
für mich, wie eine Haarspange, eine kleine
selbst geschnitzte Puppe, die Mama mit einem
schönen Kleid was sie nähte verkleidet hatte.
Ein Schulheft, ein Stift, ein Buch waren die
anderen Geschenke.
Ich war überglücklich.
Es war wie immer ein toller Geburtstag. Meine
Eltern legten großen Wert darauf das wir
Kinder immer einen schönen Geburtstag
hatten.
Denn sonst konnten sie uns nicht viel bieten
aber der Geburtstag in unserer Familie war
immer ein Familienfest.
Da wir eine große Familie waren, hatten wir
oft solche Feste.
Der Sonntag war ebenfalls immer ein freier
Tag für die Familie. Denn an dem Tag mussten
wir alle nicht arbeiten, hatten keine Schule und
konnten uns ausruhen und einfach mal zuhause
sein. Das war ebenfalls immer ein kleines Fest
für uns. Denn sonst war unser Alltag verplant.
Ob es Schule oder Arbeit war. Wie
versprochen schlief ich jeden Nachmittag 2
manchmal 3 Stunden und ging dann nach dem
Abendbrot ins Theater.
Es war wirklich viel leichter dann auf der
Arbeit und in der Schule.

Denn ich war nicht mehr so erschöpft und müde. So machte die Arbeit mehr spass. Ich war meiner Mutter sehr dankbar für ihren Rat.

Dennoch war ich traurig das meine kleinen Geschwister bis auf Raoul, nach der Schule Schuhe putzten und den Nachbarn bei Bedarf zur Hand gingen, also ihnen halfen bei allmöglichen Sachen. Genau das was ich vorher auch gemacht hatte.
Ich wollte das meine Geschwister ein schönes Leben hatten und ihre Kindheit leben sollten. Doch diese Träume brachten uns nicht weiter. Das war nun mal unser Leben. So wie es uns ging, ging es vielen damals.
Die meisten Menschen waren arm aber nicht jeder hatte Schulden.
Wir mussten schliesslich auch noch unsere Schulden bei Tante Edith begleichen. Jede Woche bekam ich meinen Lohn vom Theater, was ich immer meinen Eltern gab, sie bekamen auch Geld von Jakob und meinen anderen Brüdern die arbeiten gingen, so das sie jede Woche Edith Geld geben konnten.
Jakob hatte sogar noch eine andere Arbeit angefangen.
Er gab einem reichen Jungen Nachhilfe in Lesen.

Der Junge hätte große Probleme damit und sein Vater hätte Jakob in der Buchhandlung gefragt ob er Interesse an einer weiteren Arbeit hätte. Immer nach der Arbeit in der Buchhandlung. Ohne zu Überlegen hätte Jakob zugesagt. Der Mann würde gut bezahlen und auch er würde sein Geld wöchentlich bekommen. „Diese Arbeit kam wie gerufen, denn das Geld was ich Mama wöchentlich gebe ist nur das Geld was ich von meinem Nachhilfeunterricht bekomme. Denn das andere Geld brauchen wir schliesslich zum Lebensunterhalt" sagte Jakob.

Es gab eben so kleine Wunder und kleine Türen die sich öffneten damit wir überleben konnten und in unserem Fall konnten wir so unsere Schulden abbezahlen. Da Jakob sich sonst nach der Arbeit in der Buchhandlung lange aufhielt um zu lesen, konnte er in Zukunft in dieser Zeit Geld verdienen und hatte immer noch Zeit zum Theater zu spazieren um mich abzuholen. Denn außer Sonntags sollte er jeden Abend dem Jungen Nachhilfeunterricht in Lesen geben. Jakob erzählte sehr begeistert über diese Familie. Sie wären ganz anders als die anderen Reichen.

Sie wären nicht eingebildet, nicht hochnäsig, sie wären einfach nur freundlich und nett.
Es war für mich unglaublich, eigentlich unfassbar zu glauben, das es in der oberen Schicht auch solche Menschen gab. Doch Jakob erzählte es so glaubhaft das wir ihm selbstverständlich glaubten. Es war unerklärlich aber anscheinend schien es auch unter den Reichen gute Menschen zu geben. Menschen die Mensch geblieben waren. Jakob erzählte auch das er mit dem Jungen, sein Name wäre Pierre, angefangen hätte ein Buch zu lesen. Immer wenn sie 3 Seiten gelesen hätten würden sie eine Pause machen. Denn 3 Seiten mit Pierre zu lesen würde lange dauern. Anschliessend würde Jakob mit der Familie essen.
Der Herr des Hauses Monsieur Courté würde darauf bestehen.
Wir waren glücklich darüber das Jakob langsam wieder aufblühte und sein Liebeskummer nicht mehr so stark war und er nach vorne blicken konnte.

Am nächsten Tag wagte ich es wieder ein anderes schönes Kleid aus dem Theater anzuziehen um damit draußen zu spazieren. Diesmal war mein Kleid weiß mit rosafarbigen Blumen bestickt.

Dazu trug ich einen passenden Hut, weiße Handschuhe und weiße Schuhe die man zuschnürte. Ich war zwar 13 aber mit dem Kleid sah ich aus wie 16. Ich war zwar angezogen wie eine feine Dame aber ich hatte große Angst das ich Ärger bekommen könnte wenn man mich erwischen sollte.

Doch eine noch größere Angst hatte ich eigentlich davor das mich dieser Vollidiot Paul sehen könnte. Das wollte ich auf keinen Fall. Monsieur Blanche schaute draußen nach ob er in der Nähe war und erst als er grünes Licht gab, ging ich hinaus. Ich spazierte die Straße rauf und runter.

Ein Zeitungsjunge sah mich und sprach mich an: „Wer bist du? Bist du eine Prinzessin?" Ich verneinte das natürlich und sagte, „natürlich nicht. Ich bin zu Besuch in Paris."

Der Junge sah süss aus, er hatte lockiges Haar und blaue Augen. Seine Kleidung war schmutzig und staubig so wie die von meinen Brüdern wenn sie von der Arbeit kommen oder meinen kleinen Geschwistern wenn sie draußen gespielt hatten.

Sein Name war Leon.

Ich verriet ihm nicht meinen richtigen Namen, ich sagte das mein Name Marie sei.

Er wollte mir eine Zeitung geben aber ich nahm sie nicht an, da ich sie nicht bezahlen konnte.

Ich hatte kein Geld mitgenommen. Ich verabschiedete mich und sagte ihm das ich mit meinem Onkel ins Theater gehen würde um mir die Abendvorstellung anzusehen. Er meinte „komm morgen wieder, dann zeige ich dir Paris." Ich hatte diesen Zeitungsjungen schon einige male gesehen. Aber zum ersten mal sah ich ihn von nächster Nähe.

Wieder im Theater schlich ich mich dank Monsieur Blanche von der Hintertür hinein und eilte schnell in den Kostümraum um mich umzuziehen.

Ich beeilte mich damit ich vor der Aufführung wieder auf meinem Posten sein konnte.

Am nächsten Tag konnte ich nicht die feine Dame spielen und musste bei der Reinigung im Theater helfen. Ich wollte aber wissen ob der Zeitungsjunge vielleicht draußen ist und gekommen war. Leider konnte ich aber nicht raus, jeder lief hin und her und es war nicht mehr viel Zeit bis zur Aufführung. Daher blieb ich im Theater.

Die Gaslampen wurden angezündet die Kerzenleuchter brannten und der Saal erleuchtete prunkvoll und voller Eleganz. Die Theaterdarsteller waren mit ihren Proben fertig und die Bühne war bereit für die Abendvorstellung.

Es war jeden Tag ein Erlebnis, dabei zu sein. Die Türen wurden geöffnet und die Menschen traten ein.

Das Theater war für die besser gestellten ein Muss um der Gesellschaft anzugehören.

War man im Theater gehörte man dazu. War man es nicht musste man sich auf andere Art und Weise Zugang zu der besseren Gesellschaft beschaffen. So hatte es mir Monsieur Blanche erzählt.

Zuhause lief alles beim Alten. Mein Vater hatte sich vollständig von seinem Herzinfarkt erholt. Ihm ging es wieder besser und das erfreute uns natürlich.

Meine Mutter nähte fleißig weiter fürs Theater und meine Brüder gingen ihrer Arbeit nach. Meine kleinen Geschwister waren die meiste Zeit zuhause. Raoul war entweder kurz vor der Tür mit Papa, weil er noch klein war oder im Haus. Die anderen gingen zur Schule. Sie putzten manchmal Schuhe oder spielten einfach.

Edith kam oft vorbei oder sie gingen zu ihr.
Ich hatte nicht mehr viel Zeit, da ich
Nachmittags schlief um Abends arbeiten zu
können. Ich sah Edith nur noch Sonntags oder
kurz an manchen Nachmittagen. Sie bekam
wöchentlich Geld von uns und so wurden von
Woche zu Woche unsere Schulden weniger bei
ihr. Es könnte nicht besser für uns laufen
dachten wir.

Aber ich war dennoch unzufrieden und wollte
so leben wie die anderen, wie diejenigen die
das Theater besuchten.

Ich träumte oft von einem sorgenfreien Leben.
Ich träumte davon in einem großen Haus zu
wohnen mit meiner ganzen Familie und das
wir Hausangestellte haben und das es uns an
nichts fehlt.

Ich hatte in meinem Traumhaus sogar Edith
ein Zimmer gegeben. Sie durfte auch mit uns
wohnen.

Meine Mutter musste nicht mehr nähen und
mein Vater war ein reicher Fabrikant. Meine
Mutter war die feinste Dame in der Stadt und
jeder beneidete Vater das er die schönste Frau
seine nennen durfte.

Wir Kinder hatten alle ein eigenes Zimmer.

Ich hatte die schönsten Kleider im Schrank
und wir gaben regelmäßig einen
Gesellschaftsabend wo wir unsere Freunde
und Bekannte einluden. Wir hatten mindestens
20 Angestellte die nur für unser Wohlergehen
arbeiteten. Meine Brüder waren alle die Söhne
des reichen Fabrikanten Rossi aus Italien. Sie
waren so begehrt das alle junge Damen in der
Stadt sie umwarben. Meine Geschwister und
ich waren die begehrtesten Damen in der
Stadt. Jeder wollte uns kennenlernen und an
unserer Gesellschaft teilhaben.
In meinem Traum warf mir keiner den Schirm
ins Gesicht oder übersah mich.

Zurück in der Realität arbeitete ich
selbstverständlich immer noch in der
Garderobe mit Monsieur Blanche. Das Theater
war unser Leben geworden von Monsieur
Blanche schon sehr sehr lange und von mir
mittlerweile auch. Ich genoss meine Arbeit
dort sehr. Es verführte mich in eine andere
Welt wo es nicht ums überleben ging sondern
in die vielen Geschichten und Geschehnisse
der Theaterstücke und nicht zu vergessen war
ich ja inzwischen auch noch eine
Schauspielerin geworden, zwar nicht im
Theater aber im wahren Leben.

Einige Zeit später hatte ich mich gerade wieder umgezogen um mit meinem schönen Kleid draußen anzugeben als ich von Marianne erwischt wurde. Marianne war eine Darstellerin und spielte meistens eine der Hauptrollen. Sie war hübsch und sehr elegant. Sie sagte: „Wo willst du mit dem Kleid hin? Du weisst das ich das heute bei der Aufführung brauche.".

Ich wusste nicht was ich sagen sollte aber dann „Marianne, bitte sagen sie es keinem weiter, ich ziehe es sofort aus. Ich wollte es nur mal an mir sehen, daher habe ich es angezogen. Ich wollte nur kurz vor die Tür und dann wieder zurück."

Marianne: „Madeleine, es ist in Ordnung, du kannst ein anderes Kostüm anziehen. Dieses brauche ich gleich. Keine Angst ich werde dich nicht verraten".

Sie war wirklich sehr nett und ich habe mich sehr geschämt. Ich zog das Kleid aus, gab es ihr und zog wieder meine Jungen-Uniform an und ging zur Garderobe. Monsieur Blanche wunderte sich „du bist ja schon zurück, du hättest aber noch Zeit gehabt."

Ich erzählte ihm was passiert war und er hatte ebenfalls Angst das er Schwierigkeiten bekommen könnte.

Aber ich beruhigte ihn und sagte, „niemand weiß das du es weißt".

An dem Abend sollte aber noch etwas geschehen. Eine Familie mit einem Sohn und einer Tochter kamen hinein. Nur diese Familie fiel direkt auf und sie waren sehr schick angezogen. Ich bemerkte sofort, das sie etwas besonderes waren. Ich wollte Monsieur Blanche fragen aber das brauchte ich gar nicht er sagte „Das ist Monsieur Vega, mit seiner Familie". Sie sind jeden Sommer in Paris. Sie geniessen alle Schönheiten der Saison, dazu gehört auch unser Theater." Dann flüsterte Monsieur Blanche und sagte mir „Monsieur Vega ist verliebt in Marianne, die schöne Schauspielerin die dich heute ertappt hat."
Ich konnte es gar nicht glauben.
Ich hatte gedacht das Marianne mit Thomas ein Paar wäre. Doch Monsieur Blanche erzählte mir das Marianne schon seit Jahren die Geliebte von Monsieur Vega sei. Er bat mich auch das für mich zu behalten.
Selbstverständlich würde ich das für mich behalten. Denn Marianne war die netteste von allen Schauspielern im Theater. Sie hatte rote Haare blaue Augen, sie war groß und elegant. Jeder beneidete sie um ihre Schönheit.

Sie sollte an der Seite von Monsieur Vega sein
und nicht die andere Frau. In dieser
Gesellschaft gab es anscheinend auch
Unterschiede die mir an diesem Abend
bewusst wurden. Denn Marianne war
bestimmt nicht gut genug für Monsieur Vega.
Sie war Schauspielerin und er ein ganz reicher
Mann der auch nur eine ganz reiche Frau an
seiner Seite haben musste. Das war
Schwachsinn.
Mein Traum von einem sorgenfreien Leben
zerbröckelte in dem Moment vor meinen
Augen. Sind die reichen wirklich so ungerecht
zu anderen und zu sich selbst. Hinzu kam ja
noch das Monsieur Vega verheiratet war mit
der Mutter seiner Kinder. Es war eine
hoffnungslose Liebe für Marianne und
Monsieur Vega.
Das war traurig.
Ich musste auch an meinen Bruder Jakob und
seine Clara denken. Das war auch ungerecht.
Das Leben war ungerecht.

Ich war erst 13 Jahre alt und arbeitete als der
Junge Victor in der Garderobe und wurde mit
so vielen Sachen konfrontiert die ich nicht
immer verstand.

Ich musste auch nicht immer alles verstehen schliesslich konnte ich zwischen Gerechtigkeit und Ungerechtigkeit unterscheiden. Das Leben war ungerecht zu manchen und für manche mehr als gerecht und das war wiederum ungerecht.

Als ich an dem Abend zuhause ankam, war ich so müde das ich sofort eingeschlafen war. Ich wurde erst wach als Mama mich wegen der Schule aufweckte. Ich hätte immer weiterschlafen können. So sehr war ich erschöpft. Nach der Schule war ich fast zuhause angekommen als ich den Zeitungsjungen sah. Er erkannte mich nicht, ich sah ja nicht so aus wie an jenem Tag. Ich war ein normales Mädchen das aus der Schule kam. Ich sagte „Hallo, gehst du nicht zur Schule".
„Doch natürlich, ich habe aber schon Schulschluss und jetzt arbeite ich." Dann fragte ich ihn auf welcher Schule er wäre. Seine Schule war viel weiter weg als unsere. Er sagte das er jeden Tag nach der Schule arbeiten würde. Seine Eltern würden es wollen damit er nicht faul aufwächst.

Das habe ich ihm verständlicherweise nicht geglaubt.

Der war einfach zu stolz um zu sagen das er arm ist und seine Eltern auch und das er arbeiten muss.

Dann sagte er: „ Du kommst mir bekannt vor, haben wir uns schonmal gesehen?"
„Nein natürlich nicht, wo sollen wir uns gesehen haben." Antwortete ich.

„Ja das stimmt". Sagte er und ging weiter.
Er hatte viele Zeitungen noch in der Hand die er verkaufen musste. Leider hatte ich schon wieder kein Geld dabei um eine Zeitung kaufen zu können. Ich hatte ihn auch früher schon einige male von weitem gesehen, noch bevor ich ihn als Marie traf, aber das hatte ich ja schon erzählt.

Die Zeit verging…

Inzwischen verkleidete ich mich fast täglich und spielte das Mädchen aus reichem Hause und lernte somit sehr viele Menschen kennen. Man mochte mich und genoss meine Gesellschaft. Monsieur Blanche machte sich einwenig Sorgen, das sah ich ihm an aber er wollte mich nicht beunruhigen.

Er sagte nur: „Madeleine, du spielst mit dem Feuer, so langsam ist es kein Spiel mehr. Bitte pass auf dich auf!"

Jakob verliebte sich endlich erneut, in Paula, eine junge Frau die er in der Buchhandlung kennengelernt hatte. Es stellte sich heraus das Paula die Nichte von Monsiuer Courté war, dem Vater von Pierre dem Jakob Nachhilfe in Lesen gab.
Paula wäre die Tochter von seinem verstorbenen Bruder. Da Monsieur Courté meinen Bruder sehr gut leiden konnte hofften wir nun das seiner zukünftigen Ehe mit seiner hübschen Paula nichts im Wege stehen würde. Er brachte sie sogar mit nach Hause. Sie war überhaupt nicht hochnäsig, sie war eine sehr feine Dame und sehr verliebt in meinen Bruder.

Inzwischen hatten wir unsere Schulden bei Edith abbezahlt und konnten nach vorne blicken. Meine Schule war fertig und obwohl meine Eltern wollten das ich weiter die Schulbank drücke um vielleicht später eine Lehrerin zu werden, entschied ich mich erstmal weiter in der Garderobe zu arbeiten und später vielleicht auch Schauspielerin zu werden.

61

Denn im wahren Leben war ich bereits eine
Schauspielerin.
Eine Meisterin was das Lügen betraf. Niemand
aus meiner Familie wusste das ich inzwischen
ein Doppelleben führte.

Ich zog immer wieder die schönen Kleider an
und lernte immer mehr Menschen kennen, die
ich belog. Ich wusste nicht warum ich das tat
und es hatte ja kein Ende aber es war meine
Zuflucht aus meinem Alltag, der mir leider
nicht gefiel.
Ich arbeitete schon seit drei Jahren im Theater
und wir schrieben inzwischen das Jahr 1896,
ich war 16.
In dem Jahr verliebte ich mich auch das erste
mal in den Zeitungsjungen Leon. Ich fand ihn
ja schon immer sehr nett aber ich wollte
keinen Zeitungsjungen als Ehemann. Ich
wollte einen reichen Mann heiraten genauso
wie die anderen feinen Damen es tun. Ich
gestand mir daher nicht wirklich in ihn verliebt
zu sein aber ich war es.
Leon war ein sehr gutaussehender Junge. Das
Problem an der ganzen Sache war nur, das
Leon verliebt war in Marie und nicht in
Madeleine.

Ich war nur das arme Mädchen den er hin und wieder traf.
Doch Marie war seine große Liebe.
Er wusste natürlich immer noch nicht das ich Marie war. Ich war eben eine sehr gute Schauspielerin. Er schwärmte immer wieder von meinem zweiten „Ich" und ich musste mir das als Madeleine anhören. Dieser Vollidiot dachte ich mir manchmal, wie blind muss man sein, das er mich nicht erkannte.
Ich sagte natürlich nichts.
Marie traf er nur in wunderschönen Kleidern, er zeigte Marie ganz Paris, sie schwärmte von ihr und Marie fand ihn sehr süss. Doch Marie war nicht die Marie in der er sich verliebte.
Marie sah er auch nicht oft, Madeleine schon.
Doch Madeleine sah er nur als eine gute Freundin an, wo er sein Herz ausschütten konnte.
Eine gleichgesinnte, eine ebenfalls arme Kirchenmaus, so wie er selbst war.
Das dachte ich zumindest damals.

Doch das Schicksal sollte mich in der nächsten Zeit noch oft auf die Probe stellen.

Monsieur Blanche war der einzige dem ich über all das berichtete.

Er wusste das mit Leon, der falschen Marie und mir. Er riet mir oft ihm die Wahrheit zu sagen, doch wie könnte ich nur? Seit drei Jahren sieht Leon hin und wieder Marie und mich sehr oft und er ist hoffnungslos in Marie verliebt und es ist einfach schwer jetzt auszusteigen.

Außerdem gab es noch einen weiteren Jungen Mann der in Marie verliebt war. Denn Marie sah in den wunderschönen Theaterkleidern die sie trug wunderschön aus. Mich erkannte niemand wenn ich normal durch die Stadt lief.

Als Madeleine war ich ein Niemand.

Das Leben als Marie, Clara, Claire, Suzanne, Chloe, Bernadette, Margit... gefiel mir sehr daher konnte ich es auch nicht beenden.

Ich sagte meistens auch das ich mehrere Namen hätte aber nennen Sie mich Marie oder die anderen Namen, je nach Lust und Laune…

So würde ich bei einer Zufallsbegegnung nicht ins Fettnäpfchen treten wenn ich als Marie oder Claire gerufen werden würde.

Ich hatte ja jetzt mehr Zeit als früher denn ich war keine Schülerin mehr und somit hatte ich nur meine Arbeit in der Garderobe als Victor im Stadttheater.

Die restliche Zeit traf ich die interessantesten Leute in Paris.

Es gefiel mir wie ich begehrt und beneidet wurde von diesen Menschen.

Manchmal lernte ich ein spazierendes Ehepaar kennen, die mich nach einer lügenhaften Unterhaltung meinerseits, zu sich einluden. Somit war ich oft Gast in den wunderschönsten Anwesen der Stadt. Ja es war tatsächlich unfassbar, wie oberflächlich die Menschen waren.
Anscheinend machen doch Kleider die wichtigsten Leute. Es ist zwar unglaublich doch nur wegen meinen schönen Kleidern und meinem Erscheinungsbild als junge feine Dame die mit Sicherheit aus einem guten Hause stammen musste rissen sich die Leute um mich.
Schliesslich war ich immer für alle die mich kennenlernten, neu in der Stadt oder zu Besuch in der Stadt.

Ich wurde zu den besten Veranstaltungen oder zu den besten gesellschaftlichen Versammlungen eingeladen. Ich war immer die wichtigste Person dort. Jeder wollte mich als seine beste Freundin oder Bekannte vorstellen dürfen. Es war unglaublich, wie diese Menschen alle auf meine Lügen reingefallen waren und mich für eine von ihnen hielten. Ich gehörte dazu. Man wollte mich unbedingt näher kennenlernen. Denn ich war ja ein sehr reiches Mädchen. Jeder wartete darauf das meine Eltern endlich aus der Schweiz kommen, damit sie auch meine Eltern kennenlernen konnten. Sie wollten durch mich eigentlich auch an meine Eltern ran, denn ich hatte soviel interessante Geschichten erzählt, das sie verrückt nach meiner Familie waren. Und wo meine Eltern nicht da waren, fühlten sie sich irgendwie verpflichtet sich um mich zu kümmern. Das arme kleine reiche Mädchen, dessen Eltern noch in der Schweiz waren. Ich musste oft innerlich so lachen und die Ironie dabei war das ich innerlich eigentlich sehr unruhig war über diese Situation doch wie gesagt, ich überspielte das sehr gut. Denn es gefiel mir die Menschen zu beobachten wie sie doch von sich aus nur wegen meinem Äußeren sich so aufopferten für mich.

Es war natürlich nett und freute mich, aber das würden sie niemals für Madeleine tun. Das war das, was mich an der ganzen Sache störte. Es war auch immer rührend wenn man mich mit der Kutsche nach dem Ort meiner Wahl kutschierte. Denn ein Mädchen wie ich könne ja nicht alleine unterwegs sein. Dabei waren meine Auftritte als Marie meistens vor dem Abend. Denn Abends war ich im Theater. Es war also meistens noch hell und nicht dunkel. Dennoch wurde ich mit der Kutsche gefahren. Dabei ging ich als Madeleine täglich eine viel weitere Strecke alleine zu Fuß nach Hause. Denn seitdem mein Bruder Jakob seine Paula hatte konnte er mich nicht immer nach Hause begleiten.

Ich ging wirklich oft alleine nach Hause, manchmal sah ich Leon, der ein Stück mitging. Das waren die schönsten Abende.

Meine Geschwister waren inzwischen auch älter geworden. Manuel und Andre hatten auch Freundinnen. Die Jüngeren gingen zur Schule und meine Mutter arbeitete immer noch als Schneiderin und mein Vater hatte endlich angefangen zu arbeiten. Er arbeitete nur drei bis vier Stunden am Tag, aber immerhin.

Er ist in einer Gastwirtschaft tätig und erledigt dort alle anfallenden arbeiten.

Manchmal ist er auch hinter der Theke. Seine Arbeit gefällt ihm wie er sagt. Somit kann er endlich auch mal wieder zum Haushalt etwas beitragen. Es muss für ihn auch ein erleichtertes Gefühl sein sich wieder nützlich zeigen zu können. Denn schliesslich müsste er ja unser Ernährer sein und nicht umgekehrt.

So vergingen Wochen und Monate und wir schrieben das Jahr 1898, ich war 18 Jahre alt und arbeitete immer noch im Theater.

Inzwischen brodelte es überall nach der schönen Unbekannten, jeder wollte wissen wer Marie, Claire, Bernadette.... und so weiter... ist.
Mittlerweile war ich sehr bekannt und gehörte zu der besseren Gesellschaft. Da ich zwischendurch immer mal abtauchte, dachten sie immer ich wäre in der Schweiz und wenn ich wieder auftauchte kam ich aus der Schweiz. Niemand wusste wo ich lebte. Ich hatte erzählt das der Mann von meiner Tante eine psychische Erkrankung hätte und ich daher nicht sagen könne wo ich in Paris lebte.

Denn mein Onkel wäre sehr gefährlich und er würde keine Fremden mögen. Jeder hatte mir diese Geschichte abgenommen. Niemand konnte auch wissen wo ich wohnte, denn ich stieg immer wo anders aus, als man mich mit der Kutsche nach Hause schickte. Meistens sagte ich noch „ich muss hier aussteigen, weil ich noch was erledigen muss." So wusste niemand wo ich lebte.

Ich wurde im Theater oft von der besseren Gesellschaft angesprochen „Junger Mann haben Sie eine junge Dame gesehen, die mit ihrer Tante letzte Woche hier ins Theater kam?"

Dann wurde ich beschrieben.

Ein anderer fragte nach einer jungen Dame mit ihrem Onkel.

Eine andere nach einer jungen Dame mit ihren Eltern…

Es war unfassbar, welch' Aufsehen ich erregt hatte. Selbstverständlich unbewusst aber ich hatte Aufsehen erregt, ich hätte nicht so sehr angeben sollen.

Ich habe so sehr übertrieben an manchen Tagen das ich das Interesse dieser Menschen geweckt habe.

Ich bin böse, ein böses Mädchen.

Nun waren sie mittlerweile auf der Suche nach mir, sie wollten wirklich wissen wo ich lebte oder wer meine Tante war oder mein Onkel und selbstverständlich meine Eltern. Warum sonst sollten sie in letzter Zeit ständig nach mir fragen? Sie fragten ohne es zu wissen, mich selbst, den kleinen Jungen aus der Garderobe. Ich bekam so langsam oder allmählich kalte Füße oder ich sollte lieber sagen, angst. Ich hatte ein sehr komisches Bauchgefühl, das nicht umsonst war.

Ich sollte in den nächsten Tagen eine nicht so schöne Sache erleben. Da ich mich nicht gut gefühlt habe ging ich auch nicht zu einer Einladung. Denn ich wollte mich erst einmal nicht in der Öffentlichkeit als Marie zeigen. Ich hatte Angst. Ich brauchte etwas Zeit und ich durfte mich erstmal nicht zeigen, damit man mich vielleicht vergessen würde.

Ich ging nur noch Abends ins Theater und vorher war ich dann zuhause und nach dem Theater ging ich wieder nur nach Hause. Ich war irgendwie müde und das ewige Lügen war so anstrengend geworden und diese ganzen oberflächlichen Menschen waren wirklich nur oberflächlich. Ich hatte keine Lust mehr zu lügen oder so sein wie sie. Denn ich war nicht so wie sie.

Es gab nie tiefgründige Gespräche.
Es waren immer nur Gespräche die zeigten
wie dumm viele dieser Menschen waren indem
sie nur noch von ihren Sachen prahlten. Ich
musste leider immer wieder lügen und das war
mittlerweile nicht mehr schön. Ich begann so
langsam das Interesse an meiner
Schauspielerei im wahren Leben zu verlieren.

Ich stellte mich immer wieder der Frage: „Was
könnte ich tun um wieder einfach nur
Madeleine zu sein?" Doch ich musste
eigentlich gar nichts tun. Ich war Madeleine.
Ich war eine junge Frau die nicht oberflächlich
war und ich war auch keine dumme Frau und
ja, ich war diese Lügnerin. Aber eine Lügnerin
die dazu gelernt hatte. Ich war reifer geworden
und ja, ich sah vieles inzwischen mit anderen
Augen.

Ich musste vielleicht diesen Weg gehen um
mich dann so zu fühlen wie jetzt? Ich weiss
nicht ob es so war, denn gut gefühlt habe ich
mich ja auch nicht.

Dann passierte etwas unerwartetes…

Auf der Tageszeitung war ein gemaltes Bild
von mir abgebildet.
Überschrift: **„Ganz Paris sucht die**
Unbekannte reiche Schönheit aus der
Schweiz.
Einer ihrer Namen ist Marie, sie hätte viele
Vornamen, vermutlich ist es eine Prinzessin
oder eine reiche Erbin. Sie wäre zum gestrigen
Tee bei guten Freunden, nicht erschienen. Da
sie sonst immer pünktlich wäre und sie wieder
einmal nur zu Besuch in Paris wäre, würde
man sich große Sorgen machen. Marie wo sind
Sie?"

Ich war sprachlos… Was sollte ich tun? Meine
Familie würde mich auf dem Foto sofort
erkennen. Die Menschen im Theater auch.
Monsieur Blanche ist der einzigste der die
Wahrheit kennt. Ich musste untertauchen. Ich
sollte lange Zeit nicht mehr Marie sein, am
besten nie wieder, sondern nur noch Madeleine
und hoffen das man die Schöne Unbekannte
schnell vergisst.

Im Theater waren die Schauspieler auf der
Bühne und ich war Schauspielerin im wahren
Leben und das schlimmste war, das ich zu
einer Lügnerin geworden war.

Denn nur durch meine Lügen und schönen Kleider wurde ich die begehrteste junge Frau in der angesehensten und vornehmsten Gesellschaft in Paris.

Was hatte ich mir dabei nur gedacht. Ich hätte nie so rumlaufen sollen und warum habe ich so schrecklich viel gelogen?

An diesem Tag wusste ich nicht wie ich nach Hause gehen sollte. Denn Vater kaufte immer die Zeitung. Ich war verloren, ängstlich und verzweifelt. Ich hatte mehr angst davor meine Eltern enttäuscht zu haben als die oberflächlichen Menschen. Die waren nur hinter meinem Geld her. Also das Geld was ich noch nicht besaß.
Doch meine Familie die war mir wichtig. Wichtig war auch Leon für mich, der Zeitungsjunge der in ein Traum verliebt war. Ich versuchte meinen Traum zu leben, er verliebte sich in den Traum den ich geschaffen hatte.
Es war furchtbar.
Ich bin der Alptraum dieser Stadt.
Was sollte ich bloß tun?

Es gab zwei Möglichkeiten, entweder verschwindet die Unbekannte für immer oder sie taucht wieder auf und spielt weiter und diesmal versucht sie dabei sogar Geld zu verdienen.

Ich hatte eine Idee.

Um diese Idee in die Realität umzuwandeln brauchte ich einen Plan. Während ich mir darüber den Kopf zerbrach, kam alles anders.

Meine Eltern waren nicht so gut auf mich zu sprechen, als sie mein Foto in der Zeitung sahen. Ich wollte noch behaupten das ich es nicht sei doch dann schrie mein Vater: „Schweig Madeleine, ich möchte nichts hören. Du hast dir mit Sicherheit nicht vorstellen können das es soweit kommt, doch die Menschen sind und bleiben neugierig, dass werden wir nie ändern können. Wichtig ist nur jetzt, wie kommst du da raus?"

Mein Vater hatte recht und es war mir so peinlich was ich angestellt hatte nur um so sein zu können wie die anderen. Ich war wohl nicht bei Sinnen, dachte ich mir nur und meine arme Mutter weinte nur als Papa mit mir sprach. Es war furchtbar, ich hatte meine ganze Familie in eine schreckliche Lage gebracht und mit Sicherheit schämten sie sich jetzt vor mir.

Ich begann an zu weinen und versuchte zu erklären das ich einfach nur so sein wollte wie die Schickeria im Theater. Ich wollte auch einmal so angesehen werden wie diese Herrschaften. Was war denn so falsch daran… Ich versuchte mich irgendwie zu rechtfertigen doch es war die Tatsache das ich definitiv zu weit gegangen war und es nichts gab wo ich mich hätte rechtfertigen können. Es war einfach die nackte Realität in der ich mich befand und am liebsten wollte ich in einem Loch versinken und nie wieder auftauchen. So peinlich war mir diese Aktion. Neben meiner Familie war es schlimmer als draußen. Denn ich hatte die Menschen die mich liebten zutiefst enttäuscht und es waren jetzt nicht mehr nur meine Sorgen sondern die meiner ganzen Familie. Ich hatte sie in diese Situation gebracht.

Wir hatten angst das es nicht mehr lange dauern könnte, bis die Gendarmarie auftauchen würde um mich mitzunehmen. Nun ja, es war nun mal passiert und ich war das träumende Mädchen und ich hoffte das man mir keine allzu große Strafen geben würde. Denn wir waren uns sicher das einige mich anhand des gemalten Bildes in der Zeitung erkannt haben könnten.

Was für eine Strafe würde mich wohl
erwarten? Ich wusste es nicht.
Ich hatte keinen bestohlen, ich hatte keinen
getötet und ich hatte niemanden belästigt.
Ich habe nur gelogen was mich als Person
betraf. Sonst nichts.

In meinen normalen Klamotten als armes
Mädchen die schon ihr ganzes Leben in Paris
verbracht hatte, ging ich nach dieser
Unterhaltung mit meinen von mir sehr
enttäuschten Eltern, hinaus.
Ich musste an die frische Luft und ging somit
ein bisschen spazieren, dann setzte ich mich
auf einen großen Stein der sich am
Straßenrand befand. Eine Kutsche fuhr vorbei
und darin befand sich Madame Helen, ich
erkannte sie sofort an ihrem großen Hut der
ein Stück hinausschaute. Sie hatte immer die
auffälligste Kopfbedeckung in der ganzen
Stadt. Man erkannte sie sofort egal aus
welcher Entfernung man sie sah. Sie kannte
mich auch aber nur als Marie oder war es
Bernadette…?
Ich weiß es nicht mehr und es interessierte
mich auch nicht mehr. Ich wollte nur noch ein
ganz normales Leben haben und ich wollte nie
wieder Aufsehen erregen.

Während ich nachdenklich auf diesem Steinbrocken saß gingen zwei Herren an mir vorbei und sie hatten die Zeitung in der Hand und das Thema war ich. „Wo mag die junge Frau bloß sein" so in etwa machte man sich Sorgen um mich.
Niemand hätte sich Sorgen um Madeleine gemacht, das arme Mädchen das als Junge in der Garderobe des Stadttheaters arbeitete.
Eine verrückte Welt, dachte ich mir.

Ich war eine Lügnerin und ich war an einem Punkt angelangt wo ich einfach keine Lust mehr hatte zu lügen. Ich wollte diese Zeit hinter mich lassen und nach vorne blicken und ganz neu anfangen. Mehrere Stunden saß ich einfach auf diesem Stein so das ich gar nicht bemerkte das der Zeitungsjunge, meine stille und wirklich große Liebe Leon, auf der anderen Seite der Straße war und mich beobachtete.
Er winkte zu mir und ich winkte ihm ebenfalls zu.
Dann kam er in meine Richtung. Ich saß immer noch regungslos auf dem Stein und ich muss gestehen das ich aufgeregt war und mein Herz pochte. Ich war so verliebt in diesen Leon und es war mit Sicherheit hoffnungslos dachte ich mir.

Er war verliebt in Marie.

„Was machst du hier die ganze Zeit? Ich stehe schon lange da drüben und du bist so in Gedanken das du mich erst eben bemerkt hast. Was ist los mit dir? So kenne ich dich gar nicht."

„Ach Leon, wieso interessierst du dich überhaupt um mich. Du bist doch verliebt in Marie und solltest du dir nicht Sorgen um sie machen, ich habe gehört sie wäre verschwunden." Sagte ich zu Leon.

Doch er sagte dann etwas was mich sprachlos gemacht hatte: „ Ach Madeleine, du glaubst doch nicht das Marie gefallen an mir hätte. Sie spielt in einer anderen Liga. Wer bin ich denn das Marie mich beachten sollte und mich als ihren zukünftigen Ehemann betrachten könnte. Marie ist nur ein Traum, außerdem wäre sie ja jetzt weg. Um ehrlich zu sein interessierst du mich mehr Madeleine. Du bist so eine ehrliche Seele, eine sehr gute Freundin und außerdem siehst du genauso gut aus wie diese Marie." Dann lachte er sogar dabei.

Ich sagte: „Was?

Das ist nicht dein ernst Leon, ich dachte du wärst in Marie unsterblich verliebt und es würde nie eine andere für dich geben."

„Das dachte ich auch, aber ich war so blind und jetzt sehe ich besser und bin mir sicher das Marie nur eine Schwärmerei war."

Ich wusste wirklich nicht was ich da gerade gehört hatte. Er hatte Marie einfach verarbeitet? Was geschieht da gerade vor meinen Augen dachte ich mir. Leon meine große Liebe hatte kein Interesse mehr an Marie???
Ich wollte ja immer einen reichen Mann so das ich mich in Leon anfangs nie verlieben wollte, aber in der Liebe sollte es keine Grenzen geben. Leon hatte recht, so wie ich über reiche geschwärmt hatte so schwärmte er über Marie. Aber Geld sollte und ist niemals wichtig wenn es um Liebe geht. Liebe sollte wirklich keine Grenzen haben. Liebe sollte Liebe sein. Einfach nur Liebe, die Liebe zwischen zwei Menschen die füreinander geschaffen sind.

Ich war außer mir vor Freude. Konnte ich etwa jetzt hoffen? Konnte ich auf die Liebe von Leon hoffen?

Nach so einem frustrierten Tag und mehreren Stunden auf diesem Stück Stein, wendete sich mein Befinden schlagartig.

Leon begleitete mich noch nach Hause und sagte das er mich am nächsten Tag von Zuhause abholen wollte um mit mir zusammen die Zeitungen zu verteilen.

Gewiss sagte ich zu.

In diesen Zeitungsjungen war ich schon lange heimlich verliebt. Leon war in dieser sehr aufregenden und sehr dramatischen Zeit für mich da und es lenkte mich vom Alltag ab.

Er holte mich am nächsten Tag ab und meine ganze Familie hatte ihn auch endlich mal gesehen. Niemand nahm ihn vorher ernst, denn er war ja nur ein Junge der die Zeitungen verteilte. Außerdem wusste ja keiner das ich heimlich in ihn verliebt war.

Ich nahm ihn ja auch in der Öffentlichkeit nicht besonders ernst, denn ich wollte ja was besseres abkriegen. Ich war dumm. Ich war so dumm.

Meine Eltern fanden ihn ganz nett.

Er holte mich ab und wir verteilten die Zeitungen, manche bezahlten monatlich oder wöchentlich, diese Zeitungen verteilten wir nur und manche verkauften wir.

Wir gingen den ganzen Tag herum und es war wirklich nicht langweilig. Es war aufregend durch die Straßen zu laufen und sich nützlich zu machen. Insbesondere war es schön mit Leon unterwegs zu sein.

Ich war so dumm das ich meine kostbare Zeit mit Lügenmärchen und sinnlosen oberflächlichen Kontakten vergeudete indem ich es für einen Segen hielt sich mit den Menschen der Oberschicht zu treffen.

So sein zu wollen wie diese oberflächlichen Menschen war wirklich sehr naiv und dumm von mir.

Ich bin froh das ich das erkannt habe. Nun ja, jetzt musste ich nur noch aus dieser sehr emotionalen und schrecklichen Angelegenheit wohlbehütet wieder raus.

Leon sagte, das er mich auch am darauffolgenden Tag sehen möchte und ich solle doch wieder mitgehen und ihm mit den Zeitungen helfen.

Ich freute mich schon auf den nächsten Tag mit Leon.

Doch auch am nächsten Morgen sah ich ein Bild von mir in der Zeitung, diesmal ein anderes gemaltes Bild.

Wieder dieselbe Zeitung und wieder waren auch in anderen Zeitungen Artikel über die schöne junge Frau aus der Schweiz zu lesen. Ich war bereits einige Tage nicht mehr im Theater gewesen und Monsieur Blanche war mit Sicherheit in großer Sorge um mich. Nachdem ich mit Leon die Zeitungen verkauft und verteilt hatte brachte er mich zum Theater, Leon wusste das ich dort als Victor arbeitete und mich als Junge verkleidete. Ich hatte es ihm irgendwann mal erzählt. Schliesslich kannten wir uns schon einige Jahre. Er wusste aber nicht das ich verliebt in ihn war. In den letzten Tagen hatte ich das Gefühl das er mich ebenfalls mochte und er redete kaum noch über Marie. Was war bloß passiert?
Warum dieser Sinneswandel, dachte ich mir. Liebte er sie etwa gar nicht mehr?

Ich nahm mir vor mit ihm zu reden. Aber nicht an dem Tag, ich musste erst schauen was im Theater los war.

Leon begleitete mich zum Theater und wir verabredeten uns wieder für den nächsten Tag.

Kaum war ich im Theater kam mir schon Monsieur Blanche entgegen. „Madeleine, ich habe gesagt das du krank bist und deswegen nicht zur Arbeit kommen konntest, bitte sag es auch."

Ich bedankte mich so sehr bei ihm, er hatte mir ohne mein Wissen geholfen. Sonst hätte ich womöglich meine Arbeit verloren.

Es dauerte nicht lange da kam die Theaterleitung zu uns in die Garderobe.

„Victor, ich meine Madeleine, schau dir mal das Foto hier in der Zeitung an. Was fällt dir auf? Sie hat eine sehr große Ähnlichkeit mit dir, findest du nicht?"

Ohne zu zögern sagte ich sofort: „Aber Monsieur, zwischen dieser feinen Dame und mir sind Welten. Vielleicht sieht es nur in der Zeitung so aus, in der Realität hat sie bestimmt kaum Ähnlichkeit mit mir, da bin ich mir sicher. Diese Frau ist wunderschön und schauen Sie mich an."

Der Theaterleiter daraufnin: „Mag sein, mag sein, doch ich finde das du große Ähnlichkeit mit ihr hast. Es ist verblüffend."

Dann ging er wieder.

Gott sei Dank hielt er mich nicht für diese Frau. Ich sah ihr nur ähnlich.

Es war wirklich eine ganz komische Situation, ich hatte so eine große Angst auch wenn ich es mir nicht anmerken ließ. Monsieur Blanche war ebenfalls in Sorge, das die Theaterleitung was bemerkt haben könnte. Doch ich hatte wirklich Glück, das alles nochmal glimpflich verlief. Ich durfte nie wieder als Marie auftauchen, damit man mich wieder vergisst.

Leider war dem nicht so. Die Presse hörte einfach nicht auf zu schreiben. Sie wollten meiner Spur folgen und hatten bereits einige Zeitungsreporter in die Schweiz geschickt. Es stand in der Zeitung. Dort wollte man meine Familie finden. Mein erfundener Vater leitete eine Klinik in der Schweiz. Ihm gehörte die Klinik.
Jeden Tag stand irgendetwas anderes in der Zeitung. Leon und ich verteilten Zeitungen und ich konnte somit jeden Tag Nachrichten über mich selber lesen.
Es war verrückt, aber irgendwie auch sehr aufregend und spannend.

Dann, einige Tage später las ich folgendes:
„Keiner der Klinikinhaber in der Schweiz hatte
eine Tochter namens Marie oder Bernadette…
Wer war Marie? Doch eine Prinzessin aus
einem anderen Land?
Marie wo sind Sie?

So in etwa stand jeden Tag was anderes in der
Zeitung. Zumindest war ich beruhigt das man
nicht schrieb das ich eine Lügnerin und
Schwindlerin war. Schliesslich hatte ich viele
Menschen belogen. Aber eben nur gelogen,
sonst habe ich nichts gemacht.

Ich wollte mit Leon reden und ihn fragen ob
wir uns nach dem Theater treffen könnten.
Denn während wir die Zeitungen verteilten
blieb nicht viel Zeit für Unterhaltungen. Ich
wollte ungestört mit ihm reden und fragte ihn
ob er mich nach der Arbeit abholen könnte.
Er sagte: „ja natürlich, sehr gerne sogar. Ich
möchte auch mit dir reden.“

Hmmm… er wollte auch mit mir reden und
das machte mir etwas angst. Worüber wollte er
bloß mit mir reden?

Im Theater war es wie immer auch wenn manche Schauspielerinnen mich etwas komisch anschauten, vermutlich wegen der Ähnlichkeit mit Marie. Vielleicht gefiel ihnen aber auch das ich nur in der Garderobe als Victor arbeitete und somit niemand meine wahre Schönheit zu Gesicht bekam. Ich weiß es nicht, ich wusste nur das sie etwas neidisch auf mich wirkten. Dabei waren sie es die bewundert wurden und nicht ich. Ich war als Madeleine und Victor nur ein Niemand in diesem Theater.

Monsieur Blanche sagte mir einmal „sei froh das dich hier keiner als Konkurrenten ansieht, denn das wäre sehr anstrengend und würde dir manch' schönen Tag in einen Alptraum verwandeln.

Du weißt nicht wie der Konkurrenzkampf unter den Schauspielern ist. Es ist furchtbar wie die sich manchmal zanken. Sei froh das du das nicht mitbekommst. Ich habe es früher oft gesehen und bin froh das ich jetzt weghöre. Es ist nicht einfach immer den Platz zu ergattern den auch mal andere wollen. Es ist und bleibt ein Machtkampf."

Monsieur Blanche hatte ja so recht.

Als Schauspielerin im wahren Leben hatte ich
ja schon einiges erlebt und gesehen.

Mein zurücktreten aus der oberflächlichen
Welt der Reichen und Schönen war vielleicht
im richtigen Zeitpunkt. Hätte ich noch länger
gewartet dann wäre ich mit Sicherheit
aufgeflogen. Denn erst durch mein
Verschwinden wurden jetzt auf einmal alle so
richtig aufmerksam auf mich. Ich hatte so
großes Aufsehen erregt das mein Verbleib
ebenfalls Aufsehen erregte. Ich hoffte nur das
man es schnell vergisst.

Nach der Arbeit holte mich Leon ab und wir
gingen etwas spazieren und setzten uns dann
zum Schluss auf den Stein am Straßenrand. Ich
sagte Leon:
„Ich wollte dich gerne etwas fragen und bitte
verstehe mich nicht falsch. Wieso bist du nicht
mehr in Marie verliebt? Du hast sie doch so
sehr geliebt, was ist passiert?"
„Madeleine, dass habe ich dir doch gesagt. Es
hätte keine Zukunft gehabt und außerdem ist
sie ja jetzt verschwunden. Sie ist bestimmt
wieder in ihrer Heimat, wo immer das auch
sein mag.

Hätte sie was für mich übrig dann hätte sie mich doch über ihre Abreise in Kenntnis gesetzt findest du nicht?"

„Ja Leon, das stimmt."

Während Leon mir das alles so schilderte und erzählte schaute er mir immer wieder tief in die Augen und dann plötzlich sagte er: „Weißt du Madeleine, als du vor einigen Tagen alleine hier auf diesem Stein gesessen hast und so in Gedanken warst, habe ich dich sehr lange beobachtet und zum ersten mal fiel mir auf, wie hübsch du doch bist und ich dachte mir, worüber denkt sie nach? Was bereitet ihr so großen Kummer und Sorgen, das sie seit Stunden da sitzt und nachdenkt."

„Du hast mich stundenlang beobachtet"?

„Ja Madeleine, das habe ich".

„Möchtest du nicht wissen was mir großen Kummer bereitet hatte"?

„Nein", sagte er.
„Nein"? Oh, der war gar nicht neugierig?

Ich war erstaunt darüber das er nichts wissen wollte.

Als wir dann wieder aufgestanden sind und er mich nach Hause begleitete sagte er mir vor meiner Haustüre: „Bleib so wie du bist, du brauchst Marie nicht. Madeleine ist viel hübscher." Dann lächelte er ganz süss und gab mir einen Kuss auf die Wange und ging.
Ich war geschockt.
Ich war so was von erstaunt.
Ich war sprachlos.

Er wusste es.
Er wusste alles und hat mir nichts gesagt.
Er hat mich mit Sicherheit erkannt als er mich so lange beobachtet hat. Oder wusste er das bereits als ich Marie spielte.

Mit tausenden von Gedanken ging ich ins Haus und legte mich sofort hin. Denn ich hatte keine Lust das meine Eltern mir weiterhin Vorwürfe machen könnten. Ich leidete bereits und hatte jetzt weitere Sorgen bekommen.
Leon wusste das ich Marie war. Oh mein Gott, dass musste ich erst einmal verarbeiten. Doch das war gar nicht so einfach. Ich konnte einfach nicht schlafen.

Am nächsten Tag ging die Suche in der Zeitung nach mir weiter. Ich lebte inzwischen in großer Angst entdeckt zu werden. Wenn Leon das wusste, gibt es vielleicht auch andere die mich erkannt haben könnten. Den Theaterleiter hatte ich zwar überzeugt das ich es nicht bin aber wer konnte schon wissen wie die anderen Menschen sind.

Mein Vorteil war das ich ja nicht mehr in diesen Kreisen wo man mich als Marie kannte verkehrte. Wer sollte mich denn erkennen, dachte ich mir. Daher bräuchte ich mir eigentlich nicht allzu große Sorgen machen. Ich laufe inzwischen nur mit normaler Kleidung herum. Ich trage heimlich keine schönen Kleider mehr.

Ich mache das alles nicht mehr und ich möchte das nicht mehr.

Ich redete mir immer wieder ein, das es nie mehr passieren darf. Sonst würde es auffliegen.

Ich musste verschwunden bleiben. Ich durfte nicht mehr auftauchen. Das wäre mein Untergang.

Als Leon am nächsten Tag wieder kam und wir die Zeitungen verteilten gab er mir etwas Geld und meinte: „Das ist dein Anteil, weil du mir seit Tagen mit den Zeitungen hilfst."

„Leon, du brauchst mir nichts zu geben, du hast doch selber nicht so viel. Außerdem hättest du selbst weniger wenn du mir einen Teil deines Geldes gibst."

Doch Leon meinte: „Seitdem wir die Zeitungen gemeinsam verteilen, verkaufe ich mehr. Ich gehe immer wieder neue Zeitungen aus dem Verlag holen, das weisst du doch. Daher habe ich mehr Geld verdient und dein Geld hat der Zeitungsverlag gegeben. Ich habe denen gesagt das ich mir Unterstützung besorgt habe um mehr zu verkaufen. Also nimm es bitte beruhigt an."

Das freute mich natürlich, das ich jetzt auch eine andere Arbeit hatte die mir etwas zusätzlich Geld einbrachte.

Ich fragte Leon seit wann er wusste das ich auch Marie war.

Er sagte: „Es war irgendwie nach einigen Treffen, dann sah ich nur noch Madeleine und Marie verschwand aus meinen Gedanken. Egal wen sie spielte, es war meine Madeleine."

„Du bist so gemein, du hast immer wieder von ihr geschwärmt."

„Ja, dass habe ich um dich davon abzubringen weiter Marie zu sein, doch du hast immer wieder weiter gemacht. Ich wusste das du mich genauso magst wie ich dich. Doch du hast so dagegen angekämpft das du mir keine Wahl gelassen hast mich nur für Marie zu interessieren. Doch endlich, endlich bist du wach geworden und hast Marie abgeschüttelt und bist wieder die Madeleine in die ich mich verliebt habe."

Dann nahm er mich in seine arme und küsste mich leidenschaftlich und ich dachte ich würde in Ohnmacht fallen. Es war der schönste Augenblick meines Lebens. Leon und ich liebten uns und ich war so glücklich. Es war kein Traum und auch kein gespielter Traum, es war wirklich. Die Wirklichkeit und Realität.

Leon, Leon, Leon… Meine wahre Liebe und ich hatten uns endlich nach so langer Zeit gefunden und wir wollten uns nie wieder trennen. Es war wunderschön.

Nachdem Leon mich nach Hause brachte ging er auch nach Hause. Doch am nächsten Tag sollte ich eine große Überraschung erleben. Eigentlich zwei Überraschungen. Die erste Überraschung war für mich eine sehr negative Nachricht. Leon zeigte mir den Bericht in der Zeitung, als er mich abholen kam.
Man hatte eine junge Frau in der Seine gefunden. Sie war tot. Es stand groß in der Zeitung und weiterhin schrieb man: Ist Marie ertrunken? Könnte die Frauenleiche Marie sein, die seit Tagen vermisst wird?
Ich war geschockt. Die Frau war nicht älter als ich und vermutlich war sie schon seit Tagen in der Seine, daher konnte man nicht mehr sagen ob sie Ähnlichkeit mit mir hatte oder nicht?
Ich war so traurig wegen der Frau, wer war sie bloß. Warum war sie tot?

Beim Zeitungsverkauf auf der Straße brodelte es nur von Gerüchten. Es ging sich immer wieder um Marie, man sagte Sachen wie: „Die arme Frau, ertrunken, wie furchtbar.

Vielleicht hat man sie bestohlen und in die Seine geworfen."

Manche sagten: „Habt ihr schon gehört die verschwundene Prinzessin wäre ertrunken, es ist eine Tragödie."

Ein anderer Mann sagte: „Man weiß nicht ob sie die verschwundene Frau ist, es könnte auch eine andere Frau sein. Es wird derzeit ermittelt. Wir werden es noch früh genug erfahren."

So ging es irgendwie den ganzen Tag. Jeder erzählte was anderes. Alle waren gespannt auf die Identität der verstorbenen.

Die zweite Überraschung an diesem Tag war tatsächlich eine überwältigende. Leon nahm mich mit in den Verlag und stellte mich seinem Chef vor.

Es stellte sich heraus, das der Zeitungsverlag seinem Vater gehörte und er eigentlich kein armer Junge war sondern sehr reiche Eltern hatte.

Sein Chef, der gleichzeitig sein Vater war sagte: „Leon verteilt Zeitungen weil ich gerne als Verleger wissen möchte was gesprochen wird.

Die Meinungen des Volkes interessieren mich. Außerdem wollte Leon seine Freiheiten, er mag es nicht im Büro zu sitzen."

Dann sah er mich an und sagte: „Setz dich mein Kind! Leon hat viel von dir erzählt und ich finde es bemerkenswert das du als Junge in der Garderobe des Stadttheaters arbeitest. Ich mag fleißige Menschen. Im Leben kann man alles erreichen wenn man hart dafür arbeitet. Ich erwarte euch heute Abend zum Essen."

Daraufhin sagte ich ihm, das ich im Theater arbeiten muss und leider nicht kommen kann.

Doch er sagte: „Ich habe mit dem Leiter des Theaters gesprochen, du bist heute Abend beurlaubt."

Ich war sprachlos.

Leon brachte mich nach Hause. Doch auf dem Weg nach Hause fragte ich ihn warum er mir das nie erzählt hat.
„Madeleine, ich bin Leon, der Junge in den du dich verliebt hast und du bist Madeleine, die Frau in die ich mich verliebt habe. Spielt es eine Rolle ob man reich oder arm ist.

Es sollte doch nur die Liebe zählen.

Jetzt weiß ich ja auch das du mich nicht wegen meinem Geld liebst, sondern nur weil ich Leon bin."

Wie recht er hatte. Ich bin froh das ich es erst jetzt erfuhr, wo ich doch schon viel reifer geworden war. Es freute mich natürlich das Leon so ein außergewöhnlicher Mensch war. Wer sonst würde Zeitungen auf der Straße verkaufen, wenn seinem Vater doch eines der größten Zeitungsverlage des Landes gehörte. Ich war wirklich überwältigt von Leons Bescheidenheit. Als ich zuhause war, erzählte ich meiner Familie über diese Geschehnisse. Meine Eltern waren schockiert und gleichzeitig glücklich. Sie konnten es ebenso wenig fassen wie ich. Meine Mutter holte ein sehr schönes Kleid aus dem Schrank, die sie für mich genäht hatte. Es sollte eigentlich ein Kleid für ganz besondere Anlässe sein. Doch am Abend war eben so ein besonderer Anlass und daher durfte ich es tragen. Ich sah sehr gut darin aus. Doch gleichzeitig ereilte mich eine Angst und eine Unruhe, die ich nicht erklären konnte.

Eigentlich konnte ich es schon erklären, denn ich sah darin aus wie Marie, die seit Tagen in dieser Stadt vermisst wurde. Der Leichnam in der Seine war nun mal nicht Marie.
Ich wusste es schließlich am besten. Ich hoffte nur das mich keiner in diesem Kleid sehen würde.

Als ich gerade aus dem Haus gehen wollte, weil Leon bereits mit einer edlen Kutsche vor der Tür wartete, kam mein Bruder Jakob mit seiner Frau. Er flüsterte mir ins Ohr: „Madeleine, was machst du für Sachen". Ich sagte nur: „Ich weiss nicht was du meinst". Dann ging ich in die Kutsche mit einem ganz gut aussehenden und sehr gut angezogenen Leon. So hatte ich ihn noch nie gesehen. Er sah so aus wie die jungen Männer die ich im Theater immer bewundert habe. Immer wollte ich so einen Mann an meiner Seite haben und zu dieser Oberschicht gehören. Jetzt auf einmal, kam es mir vor wie ein Traum. Passierte das gerade wirklich oder war ich am träumen?

Es war einfach wunderschön und unfassbar, was mir widerfuhr nach meiner schrecklichen Zeit als Möchte gern Reiche, Marie.

Endlich im schönen Anwesen der Familie Thomas angekommen, gingen wir gemeinsam hinein. Es war wirklich ein traumhaftes Anwesen und ich konnte glücklich darüber sein, dass ich als Marie hier nicht zum Tee eingeladen war. Gott sei Dank nicht.

Das Haus war herrlich, ein Traumhaus. Hier lebte also Leon, der Zeitungsjunge, den ich für einen armen Jungen aus der Nachbarschaft hielt.

Er wohnte in einem der schönsten Anwesen in Paris. Ich hatte das Haus schon einige male bewundert als ich daran vorbeiging. Nie hätte ich gedacht, das Leon hier wohnen würde.

Die Familie hatte mehrere Bedienstete. Wir wurden in einen Raum gebracht, der voller Bücher war. Es war die Bibliothek des Hauses. Das war ein großer gemütlicher Raum mit vielen Bücherregalen und selbstverständlich sehr vielen Büchern. Es war sehr schön. An der Wand hingen auch einige Bilder die den Bildern meines Großvaters sehr ähnelten. Sie waren hervorragend gemalt. Gemälde über Paris. Auf einem Gemälde konnte man sogar das Stadttheater sehen, wie es früher ausgesehen hatte. Jetzt hatten wir einen anderen Eingang als vorher.

Durch dieses Gemälde konnte ich sehen das der Eingang früher auf der linken Seite zur Straße hin war. Jetzt war es nicht so. Sehr schön gemalt. Wie eine Photographie. Ich war beeindruckt. Leon und ich setzten uns auf die Sessel die sich dort befanden. Ich war sehr aufgeregt doch Leon meinte, dass brauchst du nicht. Meine Eltern sind die besten. „Du wirst sie lieben. Aber bitte nicht mehr als mich" und lachte dabei.

Endlich kamen seine Eltern.
Monsieur Jaques Thomas und Madame Louise Thomas.
Sie waren sehr freundlich. Madame Thomas fragte mich nach meiner Familie und wie es meinen Eltern gehen würde. Wir unterhielten und über alles mögliche und dann fragte mich auf einmal Monsieur Thomas nach Marie?
Ich war sehr verlegen und antwortete „Marie, das verschwundene Mädchen?"
Er sagte: „Ja, du kennst sie doch". Ich wusste nicht was ich sagen sollte und am liebsten wäre ich weggelaufen. Ich sagte „Monsieur Thomas, ich verstehe nicht ganz, wieso fragen sie mich das alles?"

Monsieur Thomas nahm tief Luft als würde er seufzen und setzte sich auf einen Sessel und saß nun mir gegenüber.

Er sagte: „Ich weiß, dass du Marie bist. Leon war in Marie verliebt und als sie sich trafen, ließ ich Marie beobachten und rate mal wo Marie hinging. Erst ins Theater um sich umzuziehen und dort zu arbeiten und anschließend ging Marie nach ihrer Arbeit nach Hause. Ich weiß also alles."

Leon war außer sich. „Vater, du hast mich beschatten lassen? Madeleine glaube mir, dass ich davon nichts wusste."

Ich wusste nicht wie mir geschah. Ich war aufgeflogen und der Vater von Leon war ein Zeitungsverleger, ich dachte jetzt ist es vorbei. Ganz Frankreich wird über mich erfahren und ganz zu Schweigen von meiner Familie. Ich sagte „Monsieur Thomas, ich bin ein sehr verträumtes Kind gewesen. Ich wollte so sein wie die Schönen und Reichen aber ich habe nie etwas schlimmes getan.

Ich habe diese Menschen, die jetzt nach mir suchen, niemals bestohlen oder ihnen etwas böses angetan. Ich habe sie nur belogen, sonst nichts.

Denn hätte ich nicht gelogen, dann hätte ich das Leben der anderen niemals kennengelernt. Ich war nur neugierig und voller Bewunderung. Bitte vergeben Sie mir und sagen Sie es bitte niemandem. Bitte!"

Er sagte: „Liebes Fräulein, ich werde nichts sagen. Aber ich möchte das Marie wieder auftaucht und zwar als die Frau von meinem Sohn Leon. Sie können nicht ewig weglaufen und vor allem kenne ich die ganze Gesellschaft hier in Paris. Wenn Sie meinen Sohn heiraten wird sie jeder wieder sehen. Doch bevor das passiert, müssen wir ihren Ruf reinwaschen."

Ich begann an zu weinen. Doch Leon hielt meine Hand und sagte, „Madeleine mein Vater hat recht. Ich liebe dich und ich möchte dich wirklich heiraten, das ist auch der Grund warum Vater dich heute eingeladen hat. Damit wir darüber sprechen. Das er uns beschatten ließ wusste ich nicht. Aber er wusste über Madeleine und das ich dich liebe. Ich hatte es ihm oft erzählt. Meine Mutter und mein Vater missbilligen unsere Ehe nicht. Sie sind dafür das wir heiraten aber erst müssen wir alles in Ordnung bringen. Verstehst du das?"

„Ja ich verstehe es. Aber wie? Was kann man denn machen.?"

Während ich verzweifelte und meine Tränen vor lauter Scham nicht halten konnte, fielen meine Blicke immer wieder zu den Gemälden an der Wand. Sie waren den Bildern von Großvater so ähnlich. Selbst die Motive, ein Bild, das vom Stadttheater war faszinierte mich, als hätte ich es schonmal gesehen. Ja, dann fiel mir ein, das ein ähnliches aus anderer Perspektive bei uns im Haus hing.
Es war unglaublich. Ich konnte mir nicht helfen aber ich musste mir das Bild von der Nähe ansehen. Ich war einfach verzaubert von diesen Kunstwerken und konnte mich auf nichts anderes konzentrieren.
Ich stand auf und alle starrten mich an und Leon sagte: „Madeleine, geht es dir gut?"
Ich sagte, ich finde diese Bilder so schön und ich kann einfach nicht wegschauen. Sie ähneln den Bildern von meinem Großvater die wir überall im Haus hängen haben.
Monsieur Thomas sagte daraufhin: „Diese Kunstwerke sind von einem sehr bekannten Künstler, er war ein Freund von meinem Vater Etienne Thomas."

„Etienne? Monsieur Etienne?, das war ein Freund von meinem Großvater".

„Wie heißt ihr Großvater?" Fragte mich Monsieur Thomas.

„Claude Martin".

Monsieur Thomas stand auf und sagte: „Du bist die Enkelin von Monsieur Claude Martin, dem bekannten Künstler?"

„Ja, die bin ich."

Er war fassungslos und sagte: „Seine Gemälde sind ein Vermögen wert. Ich kann sie verkaufen und manche würde ich selbst kaufen. Somit hätte deine Familie viel Geld und ihr könntet ein sehr schönes Leben führen. Du wirst sowieso meine Schwiegertochter, aber auch deine Familie würde es sehr gut haben."

„Wirklich? Das würde Mama und meinen Papa sehr freuen und selbstverständlich auch meine Geschwister."

Monsieur Thomas sagte weiterhin… „Ich habs! Ich weiß wie wir deinen Ruf wiederherstellen, ich meine es darf nicht auffallen, das du gelogen hast. Es muss so aussehen, als hättest du nichts über deine Familie Preis geben können. Denn Dein Großvater hätte dir eine große Kunstsammlung hinterlassen die ein Vermögen wert sei und daher warst du zum Schweigen verpflichtet. Ich als dein Schwiegervater hätte es dir nicht erlaubt die Wahrheit zu sagen. Daher hättest du gesagt, das du aus der Schweiz kämst und dein Vater dort eine Klinik hätte die er leiten würde."

Wir müssen dringend mit deiner Familie sprechen und dafür sorgen, dass deine Familie in ein etwas nobleres Haus zieht. Ich habe ein solches Haus was seit drei Jahren leer steht. Meine Mutter hat dort gewohnt und nach ihrem Tod, habe ich es nicht mehr verkauft. Dort hängen übrigens auch einige Gemälde deines Großvaters. Mein Vater war ein sehr großer Bewunderer von Monsieur Martin. Mit den Gemälden von Claude Martin, deinem Großvater die ihr noch habt könnten wir einen Tausch machen. Deine Familie bekommt das Haus, ich die Gemälde, die ich verkaufen würde.

Mit dem Erlös hättet ihr keine Schulden bei mir und darüber hinaus würde deine Familie noch sehr viel Geld bekommen. So das sie sorgenfrei leben könnten.
Ich würde anschliessend einen Artikel auf der Vorderseite der Zeitung drucken lassen: Die Rückkehr von Marie!"

„Das hört sich sehr gut an Monsieur Thomas."

Es hörte sich wirklich sehr gut an, ich weinte und umarmte ihn, ich bedankte mich sehr.
Ich musste dringend mit meinen Eltern reden.
Ich sagte Monsieur Thomas das ich am besten gleich nach Hause gehen sollte um mit meiner Familie zu reden.

Doch Monsieur Thomas und Madame Thomas bestanden darauf das wir uns erst einmal alle beruhigen sollten und zusammen essen.
Schliesslich hätte er mich ja zum Abendessen eingeladen. Leon war sehr glücklich und konnte nicht glauben was er da alles gehört hatte.

Wir setzten uns in einen großen Raum, einem Esszimmer der Oberklasse an den riesigen sehr gut gedeckten Tisch und begannen zu essen.

Die Bediensteten kümmerten sich um alles. Es war köstlich.

Ein so schönes Essen hatte ich schon lange nicht mehr. Eigentlich noch nie. Doch ich muss gestehen das der Rindfleischeintopf meiner Mutter mit viel Gemüse, ebenfalls immer sehr lecker war. Das war auch mit das leckerste was ich bisher kannte.

Doch dieses Essen mit verschiedenen Gängen und einer sehr leckeren Nachspeise war mit Abstand das beste Essen was man sich vorstellen konnte. Es war einfach köstlich. Ich wusste nicht mal wie welche Speise hieß. Ich hatte schliesslich das erste mal sowas gegessen.

Ich flüsterte zu Leon und sagte „du hast immer so lecker gegessen und ich dachte an manchen Tagen, hoffentlich hat er eine warme Speise zuhause."

Ich konnte mir nicht helfen aber es war so rührend das ich wieder Tränen in den Augen hatte. Leon hat eine sehr gute Familie. Das war auch kein Wunder denn Monsieur Thomas war der Sohn von Monsieur Etienne, dem besten Freund von Großvater.

Das Schicksal hatte uns zusammengeführt und die Gemälde von Großvater waren ein Vermögen wert.

Ich war fassungslos und so glücklich über diese Wende in meinem Leben.

Nach dem Essen verabschiedete ich mich und Monsieur Thomas sagte „bitte überbringe meine besten Wünsche und Grüße an deine Familie. Ich werde wenn deine Familie einverstanden ist morgen Nachmittag für ein Gespräch mit deiner Familie vorbeikommen".

Da Leon mich nach Hause begleiten wollte, konnte ich meine Eltern sofort fragen und auch unseren Plan mitteilen. Leon könnte dann seiner Familie noch heute Abend bescheid geben.

So machten wir es. Wir verabschiedeten uns und Leon brachte mich Heim. Zuhause, waren meine Eltern und Geschwister bereits auf mich am warten. Mama war neugierig und wollte wissen wie mein Abend verlief. Doch bevor ich erzählen konnte, sagte Leon „Madame, wir haben eine Lösung für unser aller Problem". Dann erzählten wir alles meiner Familie. Meine Mutter war genau wie ich sehr gerührt und konnte ihre Tränen nicht halten. Es waren Freudentränen.

Denn nichts konnte eine Mutter glücklicher machen, als das Glück ihrer Kinder.

Meine Eltern waren einverstanden und sehr erleichtert, dass unser Leben sich auf einmal so verändern würde. Vater freute sich und sagte: „Ich war sehr sauer auf dich als du so viele Menschen belogen hattest, doch jetzt bekommst du tatsächlich eine Chance alles gerade zu biegen wenn auch nicht so wie es hätte sein sollen. Aber manchmal geht es eben nicht anders. Ich denke das Monsieur Thomas recht hat. Mit der Heirat von Leon würdest du all' die Menschen die du so oft belogen hast wieder sehen und deswegen muss das jetzt so sein wie Monsieur Thomas vorgeschlagen hat. Lieber Leon, wir erwarten ihn morgen, bitte überbringe deinem Vater ebenfalls unsere besten Wünsche und Grüße, bis morgen."

Meine Mutter und ich verabschiedeten uns noch von Leon und ich ging noch kurz vor die Tür mit ihm. Er gab mir einen Kuss auf meine Stirn und sagte: „Ich liebe dich Madeleine, alles wird gut."

Dann stieg er in seine Kutsche und fuhr fort.
Zuhause waren wir über die Geschehnisse und diese plötzliche Wende in unserem Leben sehr erfreut.

Mama freute sich, dass sie alle Bilder von Großvater aufbewahrt hatte. Sie sagte auch: „Selbst nach so langer Zeit wo du nicht mehr da bist, hilfst du uns jetzt mit deinem so wertvollen Erbe. Wir haben es all' die Jahre hier zuhause gehabt. In so schwierigen Zeiten, kamen wir niemals auf die Idee, deine Bilder schätzen zu lassen oder einigen Kunstinteressierten zu zeigen. Wir haben es einfach vergessen. Bitte verzeih uns, dass wir diese jetzt verkaufen müssen um unsere Familie zu retten. Da du immer unser bestes wollen würdest, bin ich mir sicher, dass du damit einverstanden wärst. Ruhe in Frieden Papa, ich liebe dich!"

Meine Mutter war so gerührt und glücklich das ich es nicht in Worte fassen kann. Meine jüngeren Geschwister könnten in Zukunft weiter auf die Schule gehen, sie müssten nicht arbeiten so wie ich oder meine älteren Brüder. Sie haben nun die Chance auf eine Universität zu gehen und wir könnten uns jetzt so viele Träume verwirklichen. Es war ein sehr spannender Tag für uns und wir freuten uns schon auf den Besuch von Monsieur Thomas am nächsten Tag.

Am Morgen hatten wir uns alle zum Frühstück versammelt, selbst Jakob und meine anderen Brüder und alle Geschwister waren da. Wir waren zum ersten mal nach sehr langer Zeit alle zusammen an dem Frühstückstisch. Mama hatte am frühen Morgen alle gerufen und hergebeten. Denn Schliesslich sollten alle über diese Neuigkeiten informiert sein.

Ich hatte so viel gelogen und Menschen bewundert die ein besseres Leben hatten, das ich jetzt mein Glück nicht fassen konnte. Womit hatte ich das verdient obwohl ich nicht rechtes getan hatte.? Ich glaube mein Glück war nur das ich mich in den richtigen Mann verliebt hatte ohne zu wissen das er reich war. Ich hatte mich in den Zeitungsjungen verliebt der sich als reicher Mann entpuppt hatte. Woher sollte ich das wissen? Also begann mein Schicksal eigentlich schon, als ich ihn vor Jahren kennenlernte.

Am Nachmittag kam wie bereits angekündigt endlich Monsieur Thomas. Er hatte auch seine Gemahlin mitgebracht. Mama hatte einen Apfelkuchen gebacken und dazu gab es Kräutertee, den sie von Edith hatte. Edith war selbstverständlich über alles auch schon informiert.

Sie war selbstverständlich auch anwesend. Sie
wollte das nicht verpassen.
Sie half Mama beim Tischdecken und
dekorieren. Meine Mutter hatte einen sehr
schönen Tisch gedeckt und es sah einfach
perfekt aus. Monsieur Thomas sagte:
„Sicherlich fragen sie sich warum ich mir
soviel Mühe gebe um ihre Tochter wieder in
die Gesellschaft als Marie einzuführen. Nun,
ich habe nur einen Sohn, den ich über alles
liebe und das Glück unseres Sohnes ist für uns
sehr wichtig. Madeleine ist eine sehr fleißige
und intelligente junge Frau. Sie hat einen
jugendlichen Fehler gemacht, den wir als
reifere Menschen wieder in Ordnung bringen
müssen. Denn jeder Mensch hat eine Chance
verdient. Madeleine wird nicht als Lügnerin in
die Geschichte eingehen, denn ihre Absichten
waren nur kindischer Art. Sie wollte nur sein
wie wir und wie die anderen im Theater. So
wie Madeleine sind viele junge Mädchen, da
bin ich mir sicher, doch niemand hat den
selben Mut wie Madeleine. Daher finde ich
sollte man nicht allzu enttäuscht sein für das
was sie gemacht hat. Sie hatte keine böse
Absicht, wie wir alle wissen. Bevor wir mit
den Hochzeitsvorbereitungen beginnen,
müssen wir jetzt einen Schritt vor dem
nächsten Tun.

Erst das geschäftliche und dann das Vergnügen."

Dann schmunzelte er und lächelte uns an, seine Frau schmunzelte auch und sagte daraufhin: „Ich habe Madeleine bereits ins Herz geschlossen, denn sie ist ein gutes Mädchen und sie ist sehr hübsch. Leon ist ganz verrückt nach ihr. Daher werden wir alles tun um alles in Ordnung zu bringen. Wir wollen das unser Sohn glücklich ist. Denn wenn er glücklich ist, sind wir es auch."

Nach dieser Unterhaltung redeten natürlich auch meine Eltern und sie gaben beiden recht und so sprachen wir alle einwenig und es wurde zum Schluss beschlossen, das wir bereits am nächsten Tag mit dem Umzug beginnen sollten. Ich darf nicht vergessen zu sagen, dass Monsieur Thomas über die Kunstwerke von Großvater sehr begeistert war. Er sagte das er die Gemälde innerhalb einer Woche verkaufen würde. Viele seiner Freunde würden schon seit Jahren die Gemälde von Claude Martin in seinem Anwesen bewundern. Wie sehr würden sie sich freuen, wenn er auf einmal sehr viele original Gemälde von Claude Martin in den Händen hätte. Die Leute würden das zahlen was er vorschlagen würde. Da war er sich sicher.

Nachdem Monsieur Thomas mit seiner Frau
wieder fortging waren wir endlich alleine und
schmiedeten schon Zukunftspläne.

Meine Brüder Andrè und Manuel hatten
bereits gute Vorschläge was sie machen
könnten, wenn es ihnen finanziell besser gehen
würde. Sie wollten eine eigene Firma gründen,
wo sie Möbel herstellen würden. Eine
Möbelfabrik. Jakob wollte seine eigene
Buchhandlung gründen mit einem Cafè drin.
Das war sein Traum. Er und seine Frau würden
es dann selbst betreiben und wohnen würden
wir alle auf dem kleinen Anwesen das wir von
Monsieur Thomas bekommen würden. Denn
das kleine Anwesen so wie er es nannte, war
bestimmt zwanzig mal größer als unser kleines
Häuschen. Es hatte 16 Zimmer und einen
schönen Garten. Dort könnte meine ganze
Familie leben.
Ich sollte mit Leon in dem größeren Anwesen
leben, dort wo Leon und seine Familie lebten,
so wollte es seine Familie und auch Leon.
Damit war ich einverstanden, denn das
Anwesen war ein Traum und es war in der
Nähe von dem kleineren Anwesen wo meine
Familie wohnen sollte.

Bereits am nächsten Tag begann für uns der Umzug in unser neues Heim. Monsieur Thomas hatte uns Helfer geschickt und selbstverständlich war auch Leon dabei aber ich sollte mit ihm erstmal die Zeitungen verteilen. In der Zeitung stand wieder ein Artikel über mich, doch diesmal war ich nicht geschockt denn es stand folgendes drin:
Ist Marie wieder da?
Eine neue Spur führte uns zu der Annahme das Marie, die schöne Unbekannte, wieder in der Stadt wäre!
In den nächsten Tagen wissen wir mehr. Unser Reporter verfolgt derzeit eine heiße Spur und wir werden sie in Kürze informieren.

Unter dem kurzen Artikel war wieder ein gemaltes Bild von mir. Ich wollte wissen wer mich so gut malen kann? Ich fragte Leon, „wer malt mich schöner als ich bin, wer ist dieser Künstler und warum steht nicht der Name des Künstlers unter dem Bild?.“

Leon sagte: „Ich hatte gehofft das du niemals fragst. Meine liebe Madeleine, nur einer der dich gut kennt könnte dich so gut malen. Wer könnte dich also gemalt haben?“

„Du warst das? Du hast diese Bilder gemalt?"

„Ja, das war ich. Ich liebe es dich zu malen. Außerdem hatte mein Vater das erste Bild was ich gemalt hatte, ohne mein Wissen in der Zeitung gedruckt, damals wusste er nicht das Marie, Madeleine war. Erst danach kam Licht ins Spiel. Daher bitte nicht böse sein."

„Nein bin ich nicht. Ich liebe dich Leon. Ich wusste nicht, dass du so gut malen kannst. Du überraschst mich immer wieder aufs Neue."

Monsieur Thomas hatte bereits mit dem Artikel begonnen die Sache zu einem erfolgreichen Ende zu bringen. Ich war natürlich aufgeregt über das was mich erwartete und wie es wohl für mich enden würde.

Am Abend wollte ich wieder ins Theater. Doch Leon meinte das ich das nicht mehr müsste. Aber ich wollte nicht so auf einmal Monsieur Blanche alleine lassen. Schliesslich arbeitete Leon auch als Zeitungsjunge obwohl er einer der reichsten Junggesellen der Stadt war. Ich war auch fleißig, genauso wie mein zukünftiger Ehemann.

Als ich ihm das sagte, gab er mir recht und meinte. „Wenn wir heiraten dann höre ich auch auf Zeitungen zu verkaufen und zu verteilen. Du musst dann auch nicht mehr arbeiten. Ich werde dann im Verlag arbeiten. Schließlich ist mein Vater schon alt und er braucht mich in Zukunft im Verlagshaus. Ich wollte bisher nicht, weil ich dich sonst nicht gesehen hätte. Also blieb ich länger als geplant Zeitungsjunge." Er lachte wieder und gab mir einen Kuss auf die Wange. Mein Leon war der Beste. Er ist mein Fels in der Brandung, das wurde mir an dem Tag richtig bewusst. Ein Leben ohne Leon war für mich undenkbar. Ich war mir sicher, das er es auch so mit mir sah. Ich war für ihn genauso wichtig.

Der Umzug dauerte wenige Tage, denn Monsieur Thomas hatte so viele Helfer organisiert, das wir nach wenigen Tagen in unserem neuen Haus leben konnten. Er hatte auch das kleine Anwesen auf den Namen von meinen Eltern umschreiben lassen. Alles notariell beurkundet. Das alles dauerte wirklich nur wenige Tage. Es war unglaublich, das es so schnell ging. Meine Eltern hatten jetzt ein prachtvolles Anwesen wo sie mit allen Kindern ob verheiratet oder nicht leben konnten.

Unser kleines Häuschen sollte vermietet werden. Das wären dann zusätzliche Einnahmen für meine Familie. So wollte es Mutter. Sie würde das Elternhaus niemals verkaufen wollen, das war auch gut so.
Ich war Monsieur Thomas so dankbar, er war ein ehrenvoller Mann. Ein Mann der zu seinem Wort steht und er war kein bisschen oberflächlich. Denn ich hasste oberflächliche Menschen.
Ich hatte endlich ein eigenes Zimmer. Ein eigenes Zimmer zu haben bevor man heiratet war schon eines meiner kleinen Träume. Meine Geschwister hatten jetzt ihr eigenes Reich, also ihr eigenes Zimmer. Jakob und seine Frau sollten drei Zimmer bewohnen, denn da war schon der Nachwuchs unterwegs. Es war sehr schön und ich war zum ersten mal so richtig glücklich, weil es meiner Familie endlich gut ging und wir aufatmen konnten.

Das nächste was nun bevorstand war meine Rückkehr in die Gesellschaft. Doch da hatte sich Monsieur Thomas schon was einfallen lassen. Ich sollte nur das tun, was er will und so würde unser Plan aufgehen.
So meinte es zumindest Monsieur Thomas.

Nachdem wir alle die erste Nacht in unserem großen Haus verbracht hatten saßen wir gemeinsam am Frühstückstisch der für uns gedeckt worden war. Denn wir hatten auch Bedienstete. Monsieur Thomas hatte fast alle Gemälde für einen sehr guten Preis verkauft und meine Eltern hatten auch außerhalb des Hauses noch viel Geld bekommen. So das wir uns das jetzt leisten konnten. Außerdem hatte meine Mutter zwei Gemälde für alle Fälle behalten. Monsieur Thomas war einverstanden. Mama sagte ihm: „Monsieur Thomas, wir haben in der Vergangenheit so viel schlechte Zeiten gehabt, das ich diese Gemälde für Notfälle aufbewahren möchte. Denn wenn noch mal in der Zukunft so eine schlechte Zeit kommen sollte, dann hätte ich wenigstens einen großen wertvollen Notgroschen, der uns helfen würde. Ich hoffe das sie damit einverstanden sind." Monsieur Thomas war selbstverständlich damit einverstanden. Denn er hatte sehr viele Gemälde von Großvater bekommen und war wunschlos glücklich. Er selbst hatte schliesslich auch Gewinn gemacht.

Nach dem Frühstück wurden wir von zwei Damen überrascht.

Madame Thomas hatte diese Damen organisiert, die meiner Familie einiges beibringen sollten. So wie man sich am Tisch benimmt, welches Besteck für welches Essen benutzt wird. Wie man ein Gespräch beginnt und so weiter… Ich brauchte das nicht, sagte sie, denn ich hatte mir alles selbst vor langer Zeit beigebracht. Denn wie hätte ich sonst in der besten Gesellschaft verkehren können.
Ich dachte anfangs das meine Eltern beleidigt werden könnten, doch dem war nicht so.
Sie waren sogar dankbar das sie die Möglichkeit bekamen dazu lernen zu können.

Meine Mutter hatte von ihrer Mutter schon sehr viel gelernt so das sie nicht das Problem war. Sie konnte sich immer gut benehmen und sie war wirklich eine sehr feine Dame, schon immer gewesen.
Mein Vater und meine Geschwister mussten leider einiges lernen. Aber das war nicht schlimm.
Sie waren schliesslich nicht dumm und lernten schnell.

Während bei uns die Vorbereitungen auf das gute Benehmen auf Hochtouren lief schrieben die Zeitungen jeden Tag etwas neues über Marie.

Man hätte endlich eine Spur gefunden und würde das Geheimnis bald lüften. Das war das letzte was ich las.

Ein paar Tage später kam ein anderer Höhepunkt in meinem Leben.

Leon hielt um meine Hand an, es war so romantisch.

Alles war wie im Traum und es passierte so viel auf einmal das ich es nicht mehr verarbeiten konnte.

Ich musste mich manchmal in die Hand kneifen um zu sehen ob es die Wirklichkeit ist oder ich vielleicht doch träume?
Doch es war die Wirklichkeit. Die Wahrheit und nichts als die Wahrheit.
Das wahre Leben.
Er hatte einen großen Blumenstrauß dabei und kniete sich hin und fragte mich dann: „Liebe Madeleine, ich möchte nicht viel reden sondern dich einfach nur fragen, möchtest du meine Frau werden?"

Ich sagte „ja, ja und wieder ja."

Wir umarmten uns, küssten uns und gingen dann gemeinsam in den anderen Raum wo bereits unsere Eltern auf uns warteten. Alle gratulierten uns. Meine Mutter hatte Freudentränen und diesmal auch mein Vater. Ich war außer mir vor Freude. Leon war mein Märchenprinz, der mein ganzes Leben auf den Kopf gestellt hatte.

Dann gratulierten uns auch meine Geschwister es war alles so schön.

Bereits am nächsten Tag stand in der Zeitung:

Geheimnis enthüllt!
Marie durfte nichts über ihre Herkunft sagen, da sie einer der Erben des berühmten Künstlers Claude Martin ist.

Ihr zukünftiger Schwiegervater Monsieur Thomas, der Inhaber der France Zeitung, hatte ihr verboten die Wahrheit zu sagen. Denn die Gemälde von Marie`s Großvater sind ein Vermögen wert und es sollte verhindert werden, das Marie und seine Familie Opfer von Kunstdieben werden.

Monsieur Thomas nahm wie folgt Stellung
dazu:

„Mein Sohn und Madeleine Marie Bernadette
sind seit Jahren verlobt und bald werden sie
endlich heiraten. Als die Familie von
Madeleine, ihnen besser bekannt als Marie,
wieder nach Paris gezogen waren, bat ich
Madeleine nicht zu sagen das sie die Enkelin
von Claude Martin ist. Daher hat sie was
anderes erzählt.
Durch eine starke Erkältung konnte sie einer
Einladung nicht nachkommen und sich dafür
leider nicht entschuldigen. Denn sie war einen
Abend davor zu Verwandten außerhalb von
Paris gereist und als sie dort erkrankte konnte
sie nicht zurück. Sie blieb da und musste sich
von einer schweren Erkältung erholen.
Als die anderen Zeitungen begannen über sie
zu schreiben, haben wir als das bekannteste
Blatt ebenfalls angefangen über ihr
Verschwinden zu berichten. Denn wir sind
eine Zeitung und wir mussten schliesslich dazu
auch was schreiben, doch zu dem Zeitpunkt
konnten wir nicht die Wahrheit schreiben.

Es hatte mich natürlich auch sehr erstaunt wie bekannt meine Schwiegertochter in Paris geworden war und das sie von so vielen Freunden vermisst wurde.

Zu dieser Zeit waren noch nicht alle Gemälde in Paris, so das wir daher über das plötzliche Verschwinden von Marie weiterhin berichtet haben. Diese Tatsache tut uns sehr leid. Ich entschuldige mich bei allen Lesern dafür und auch bei vielen Freunden, die sich wirklich große Sorgen gemacht haben. Aber bitte haben Sie auch Verständnis dafür, das wir nur das Leben von Madeleine Marie Bernadette und die Kunstwerke ihres Großvaters schützen wollten. Es hat leider etwas gedauert bis alle Gemälde unversehrt nach Paris gebracht werden konnten. In der Zeit erholte sich dann auch Madeleine von ihrer starken Erkältung so das sie endlich wieder hier ist. Sie können mir alle glauben, das alles diente lediglich dazu die Zeit zu gewinnen die wir brauchten um die Kunstwerke hierher zu bringen.

Die Gendarmerie ist inzwischen auch informiert. In zwei Wochen ist die Hochzeit von meinem Sohn Leon und Madeleine.

Ich hoffe das wir in Zukunft nie wieder zu solchen Notlügen gezwungen werden, denn wenn es den Leser gestört haben sollte belogen zu werden, so versetzten sie sich bitte in unsere Lage. Sie können sich nicht vorstellen wie sehr uns das gestört hat lügen zu müssen. Uns waren die Hände gebunden. Wir bitten tausend mal um Entschuldigung! Wie viele von Ihnen wissen suchen seit Jahren viele Kunstsammler und Museen nach den Kunstwerken von Claude Martin und daher wollten wir hier nichts riskieren.

Inzwischen ist auch aufgeklärt das die tote Frau aus der Seine, sich selbst in die Seine geworfen hätte. Sie wurde von vielen vielleicht als die verschwundene Marie gehalten. Doch das Leben der toten Frau hatte absolut nichts mit Marie zu tun.
Die Frau wäre Schwanger gewesen und ihr Verlobter hätte sie deswegen verlassen. Aus Verzweiflung wäre die Frau in die Seine gesprungen. Es ist wirklich eine Tragödie. Inzwischen wissen wir auch das die Frau Ambre Petit hieß.
Eine Floristin aus Paris. Möge sie in Frieden ruhn!

In der Hoffnung, das unsere Leser uns mit
Verständnis begegnen, wünsche ich allen einen
sorglosen schönen Tag!
Ihr, Monsieur Thomas
France Verlag"

Ich las den Artikel immer und immer wieder in
der Zeitung. Ich hoffte sehr, das jetzt alles gut
werden würde. Aber ich war mir immer noch
nicht sicher, ich hatte ein schlechtes Gewissen.
Denn Monsieur Thomas hatte wegen mir so
einen Artikel geschrieben nur um mich besser
darzustellen hat er sich als Lügner
abgestempelt und das hatte mich zutiefst
traurig gemacht. Was für ein wundervoller
Mensch, dachte ich mir nur.

Monsieur Thomas und Madame Thomas,
meine zukünftigen Schwiegereltern hatten
schon mit den Hochzeitsvorbereitungen
begonnen.

Sie wollten die vornehmste Gesellschaft zu
unserer Hochzeit einladen, somit würde die
Sache mit „Marie" wieder vergessen und ich
wäre wieder in der Gesellschaft aber diesmal
wirklich.

Monsieur Thomas sagte mir, „jeder fragt mich nach unserem Artikel wie es dir geht und jeder möchte dich wieder sehen. Sie haben dich sehr vermisst."

Ich konnte meinen Ohren nicht glauben. Es war also alles gut gegangen. Es hatte kein Nachspiel für mich oder für Monsieur Thomas?
Na ja ich muss dazu sagen, ich war schliesslich die zukünftige Schwiegertochter von einem der reichsten Männer in Frankreich, daher hatte hier vermutlich wieder einmal das Geld gesiegt und diesmal war es sogar in meinem Interesse. Denn diese Oberflächlichen Menschen aus der Oberschicht, würden ihre Freundschaft niemals mit einem Monsieur Thomas riskieren.
Manchmal geht es eben nicht anders.
Monsieur Thomas hat aus seiner Sicht der Dinge richtig gehandelt und uns alle damit gerettet.
Wenn es nach mir ging, nach so aufregenden Tagen, wäre ich selbst an die Öffentlichkeit gegangen und hätte die komplette Wahrheit gesagt. Denn es wäre die Wahrheit und nichts als die Wahrheit gewesen. Aber ohne Monsieur Thomas würden die Leute mich in Stücke reißen.

Also wie gesagt, manchmal geht es nicht anders und wir können nicht die Wahrheit sagen. Zumindest habe ich aus dieser Geschichte sehr viel gelernt und nie im Leben würde ich wieder lügen. Ich habe so großes Glück gehabt das sich alles noch zum Guten gewendet hat. Ich danke Gott dafür.

Ich hatte wirklich Glück, denn wer würde es wagen, die Schwiegertochter von Monsieur Thomas in den Dreck zu ziehen oder wer würde ein schlechtes Wort über Monsieur Thomas verlieren. Keiner würde ihn als Lügner bezichtigen, denn er hatte sich entschuldigt.
Wäre ich als ein Niemand in die Öffentlichkeit gegangen und hätte meine ganzen Lügengeschichten erzählt, würde ich jetzt im Gefängnis sitzen. Denn dafür würde die vornehme Gesellschaft sorgen. Dann hätten sie etwas worüber sie monatelang reden könnten und dann würde man viele Lügengeschichten über mich erfinden und man würde so viel Mist erzählen, das die Menschen das alles glauben würden.

Während mir das alles durch den Kopf ging, war ich Monsieur Thomas wirklich zutiefst dankbar für seine Unterstützung.

Er war ein Ehrenmann.

Ich wollte diesen Part in meinem Leben so schnell wie möglich hinter mir bringen und ein neues Leben mit meinem Leon beginnen. Daher freuten wir uns sehr auf die Hochzeit.

Auf dem großen Anwesen liefen die Vorbereitungen auf die Hochzeit des Jahres. Die Einladungen wurden gedruckt und verschickt.
Meine Mutter war mein Hochzeitskleid am nähen. Denn meine Mutter war die beste Schneiderin weit und breit und ich konnte mich glücklich schätzen das handangefertigte Kleid von meiner Mutter tragen zu dürfen.

Es war ein traumhaftes Hochzeitskleid. Es hatte eine lange Schleppe, viele Stickereien. Einen leichten Auschnitt, es war sehr elegant und ich sah darin aus wie eine Prinzessin. Der schöne Damenhut der passend zum Kleid war, war so geschneidert und geschmückt wie kein zweites.

Es gab so einen Hut nicht. Meine Mutter hatte es selbst entworfen. Meine Schuhe wurden passend zum Kleid gekauft und waren von einem der teuersten Schuhgeschäfte in Paris.

Wir alle waren sehr aufgeregt. Leon konnte es kaum erwarten endlich mein Ehemann zu sein. Ich muss gestehen ich freute mich auch auf die Hochzeit, denn ich wollte keinen Tag mehr ohne Leon sein.

Die Bekleidung für meine Eltern und Geschwister wurden gekauft, denn meine Mutter war nur damit beschäftigt mein Hochzeitskleid fertigzustellen. Für alles andere hatte sie keine Zeit.

Einige Tage stand gar nichts mehr über Marie in der Zeitung. Doch dann stand etwas über die bevorstehende Hochzeit:

Marie heiratet Leon Thomas!

Monsieur Thomas, Inhaber des Verlagshauses France freut sich auf die Hochzeit seines Sohnes Leon mit ihrer Schwiegertochter Madeleine Marie Bernadette.

Endlich stand nichts mehr über das verschwinden von Marie drin. Es war endlich überstanden, ich konnte es immer noch nicht glauben.

Ich stand jetzt kurz vor meiner Hochzeit und auf der Hochzeit sollte ich alle wiedersehen, die ich als Marie belogen hatte.

Leon sagte mir, ich solle mir keine Sorgen machen. „Nach der Hochzeit würde ich dir empfehlen einfach distanziert mit allen zu sein. Denn nur so hätte man Ruhe von den ganzen Möchtegern Menschen".

Wie recht er hatte. Das war auch meine Absicht.

Endlich war der große Tag da.

Ich heiratete endlich meinen Leon, meinen Traummann der in guten und schlechten Tagen bei mir war.

Es war einfach herrlich, als ich mit Leon die Treppen des großen Anwesens der Familie Thomas hinunterkam. In einem der schönsten Hochzeitskleider betrat ich den Saal. Die ganze vornehme Gesellschaft von Paris war anwesend, selbstverständlich auch alle die ich liebte.

Meine Familie, Tante Edith und die Eltern von Leon.

Alle anderen waren oberflächliche Gäste aber die gehörten nun mal dazu. Ich wollte schließlich früher so sein wie sie und hatte jeden einzelnen so sehr bewundert das ich anfing zu lügen, damit ich nur wenige Stunden so sein konnte wie sie. Das würde ich niemals vergessen. Ich hatte viele von ihnen belogen aber sie genossen auch meine Gesellschaft, wenn sie auch nur gespielt war. Wir lernten voneinander. Alles was ich früher wollte war, so sein wie sie.

Nun, jetzt war ich eine von ihnen doch das war gar nicht mehr so wichtig.

Das wichtigste war, das ich reifer geworden war und aus meinen Fehlern gelernt hatte und das Glück hatte meinen Leon zu heiraten. Es war nicht nur Glück sondern auch ein Wunder das wir, die Familie Rossi nach so viel Armut und Ungerechtigkeiten endlich ein Leben geschenkt bekamen den wir uns immer gewünscht hatten.

Meine Hochzeit war die schönste Hochzeit die sich eine Braut nur wünschen konnte.

Meine Eltern und meine Geschwister waren alle so glücklich, genau wie ich. Es war unser Tag. Mein Tag mit meiner Familie und meinem Ehemann Leon.

Fast hätte ich vergessen zu erwähnen das auch Clara mit ihrem Bruder Paul und ihren Eltern und ihrem Ehemann anwesend war. Ich werde nie den Blick von Clara und seiner Familie vergessen wo sie meine Familie, meinen Bruder mit seiner Frau erblickten. Clara, einst die große Liebe von meinem Bruder.
Tja, so kann sich das Blatt wenden liebe Clara. Das hätte ich ihr am besten ins Gesicht gesagt und die Eltern hätte ich am liebsten vor die Tür gesetzt. Denn sie hatten meinem Bruder Jakob damals sehr weh getan.

Aber manchmal ist Schweigen die beste Antwort. Oder wie heißt es so schön: Die Zeit heilt alle Wunden. Na ja, man vergibt vielleicht mit der Zeit aber man kann nicht vergessen.
So war es auch an diesem Tag, meinem Hochzeitstag.
Denn wie könnte ich vergessen, das mein Bruder geschlagen wurde nur weil er sich in die Tochter des Tyrannen verliebt hatte.

Der Leiter des Theaters und Monsieur Blanche
waren selbstverständlich auch auf unserer
Hochzeit. Monsieur Jaques, der Leiter des
Stadttheaters redete nicht viel aber ich wusste,
das er alles wusste und dennoch schwieg. Er
wünschte mir und Leon viel Glück und sagte:
„Madeleine, du hast verdient so zu leben wie
die Menschen die du vorher bewundert hast.
Ich überbringe dir auch die besten
Glückwünsche auch von allen anderen aus
dem Theater."

Monsieur Blanche umarmte mich und sagte:
„Hätte meine eigene Tochter geheiratet, könnte
ich mich nicht mehr freuen. Alles liebe und
Gute für dich mein Kind!"

Die Hochzeit dauerte mehrere Stunden, es
wurde tagelang noch über unsere Hochzeit
gesprochen. Es war im wahrsten Sinne des
Wortes, eine Traumhochzeit.
Alles was Rang und Namen hatte war
gekommen und ich war jetzt offiziell nicht
mehr als Lügnerin in der Gesellschaft von
Paris, sondern mit meinem echten Namen,

Madeleine Thomas.

Da ich diesen Namen genauso wie den Namen Rossi mit Würde tragen wollte, blieb ich wie mein Mann mir riet distanziert zu den anderen. So blieb ich immer interessant und wenn ich mal zu einer Einladung ging, war ich die Dame mit der jeder reden wollte. Wir luden auch schonmal zu uns ein, so pflegten wir unsere Kontakte.

Ich zog es vor lieber etwas sinnvolleres zu machen anstatt von Einladung zur Einladung zu gehen.

Ich hatte bereits mit Leon gesprochen und würde gerne eine Schule für arme Kinder eröffnen. Diese Schule sollte ermöglichen das auch Kinder aus ärmlichen Verhältnissen zur Schule gehen können und auch anschließend auf die Universität. Denn studieren sollte nicht nur für reiche möglich sein. Das ganze sollte finanziert werden durch die Spenden der oberen Schicht, also von meinen neuen Freunden.

Ich dachte mir das diese Menschen auch was Gutes tun könnten anstatt ihr Geld anderweitig rauszuschmeissen.

Meine Idee wurde sehr gut aufgenommen und ich erfreute mich auf meine neuen Ziele.

Was mich aber sehr wunderte war, das mich niemand mehr nach meiner Zeit als Marie fragte…

ENDE

Über den Inhalt und über die Autorin

Paris, im 19. Jahrhundert: Madeleine wächst in ärmlichen Verhältnissen auf. Als sie in der Garderobe des Stadttheaters anfängt zu arbeiten lernt sie ein ganz anderes Leben kennen und zwar das Leben der Schönen und Reichen, die täglich das Theater besuchen. Sie möchte so sein wie sie, doch das ist gar nicht so einfach. Madeleine beginnt an sich zu verkleiden und zu lügen... Durch ihre kindische Naivität ist sie sich überhaupt nicht bewusst, was sie damit anrichtet…

Berrin Penek, geboren in Istanbul, ist Autorin und Künstlerin. Sie lebt in Düren. Penek unterrichtet Deutsch als Zweitsprache und arbeitet bei der Rurtalbahn GmbH in Düren. Sie ist geschieden und hat zwei Kinder. Dieses Jahr feiert sie ihr 30 jähriges Jubiläum als Künstlerin mit einer Kunstausstellung der letzten 30 Jahre. Die Ausstellung findet im Herbst 2024 statt.
2022 wurde Berrin Penek bei den Internationalen Preisen von Istanbul (Uluslararasi Istanbul Ödülleri) als beste Schriftstellerin des Jahres ausgezeichnet.
2019 bekam sie den Hero Award des Integrationsrates der Stadt Düren.